KB072364

문틈 사이로
한 걸음만

문틈 사이로 한 걸음만

제임스 리 소설

마음서재

차례

불길

2000년 9월 중순, 제법 선득선득하게 가을의 기운이 느껴지는 이른 아침이었다.

소희는 어젯밤 손님들과 마신 술이 아직 깨지 않은 채로 일찍 눈을 떴다. 온몸이 두들겨 맞은 것처럼 쑤시고 물먹은 솜처럼 축 늘어졌다.

"우욱."

가만히 있으니 속에서 쓰디쓴 신물이 훅 올라왔다.

'위염인가?'

밤새껏 일하며 밤낮이 뒤바뀐 생활을 하는 소희는 항상 입술이 바짝 마르고 입맛이 별로 없어서 밥을 제대로 먹지 못했다. 어린 시절 그녀는 배가 아프면 할머니 무릎으로 가서 머리를 대고 누웠다. 그때마다 할머니는 따뜻한 손으로 배를 쓰다듬어주곤 했다. 할머니가 배를 쓰다듬으면 신기하게도 통증이 사라지고 감쪽같이 나았던 기억을 떠올리며 소희는 혼자 한동안 배를 쓰다듬었다.

그녀는 숙취를 달래기 위해 잘 피지도 못하는 담배 하나를 재떨이에서 찾아 입에 물었다. 라이터로 담배에 불을 붙인 소희는 벽에 어른 주먹만 한 크기로 동그랗게 나 있는 구멍을 통해 밖을 찬찬히 내다보았다.

업소들이 서로 다닥다닥 붙어 있었다. 바로 건너편 건물의 내부도 한눈에 다 들여다보일 정도로 좁은 골목길은 오늘따라 한 줌의 햇볕조차 들지 않아 을씨년스러운 분위기를 풍겼다.

소희는 폐 속을 휘젓는 싸한 담배 연기에 몇 번이나 발작성 기침을 했다. 담배를 피울 때마다 그녀의 얼굴은 흉하게 일그러졌다. 이내 그녀는 담배꽁초를 재떨이에 부지런히 비벼서 불을 껐다.

"웬 기침이 이렇게 심한지 모르겠네……."

소희는 손으로 입을 가리고 깊은 기침을 몇 번이나 더 했다.

그녀는 잠시 생각을 멈췄다. 아침저녁으로 서늘해진 가을 날씨에다가 어젯밤 잠을 설쳐서 그런지 몸이 찌뿌듯했다. 그녀는 화장대 위에 놓인 두루마리 휴지를 뜯어 입가를 닦았다. 그러고 나서 두꺼운 웃옷을 걸치고 손거울을 꺼내 자신의 얼굴을 찬찬히 들여다보았다.

초췌한 얼굴, 탄력을 잃기 시작한 피부 위로 거미줄 같은 잔주름 몇 개가 깔려 있었다. 시커먼 주근깨가 여기저기 좁쌀처럼 퍼져 있는 것을 본 그녀는 방바닥이 꺼지라고 한숨을 내쉬었다.

"이 바닥에서 10년 이상 굴러먹다 보니 벌써 퇴물이 다 됐네."

그동안 넝쿨처럼 뒤엉키고 비틀렸던 자신의 신세에 혼자서 자조 섞인 푸념을 하며 손거울을 화장품 바구니에 넣었다.

소희는 다른 아가씨들이 잠을 깰까 봐 조심스레 방문을 열고 나왔다. 1층 홀에서 풍기는 퀴퀴한 곰팡이 냄새가 그녀의 코에 훅 끼쳤다.

그녀는 발이 바닥에 닿지 않는 높고 동그란 의자에 앉았다. 리모컨을 집어들고 전원 버튼을 눌러 선반에 간신히 얹혀있는 TV를 조심스럽게 틀었다. 마침 TV에서는 나훌

전에 열린 호주 시드니올림픽의 개막식 장면을 녹화 방송으로 보여주고 있었다. 소희는 오랜만에 아무런 방해도 받지 않고 혼자 올림픽 개막식을 보면서 그동안의 모든 잡념을 떨쳤다.

개막식은 호주의 스노이강에서 온 남성이 탄 말의 울음소리와 그가 채찍을 휘두르는 소리로 시작되었다. 이어서 무대 한가운데에 잠들어있는 어린 소녀가 등장했다. 소녀의 꿈속으로 함께 따라 들어가자 커다란 해파리와 다른 해양 생물들이 유영하는 모습이 보였다. 개막식의 하이라이트는 역시 성화 점화식이었다. 물이 봇물 터지듯 마구 쏟아져 내리는 가운데, 성화 봉송의 최종 주자가 우주선 모양의 구조물에 불을 붙였다. 곧이어 이것이 공중으로 날아오르면서 폭포를 연출하였다.

"우와."

소희는 웅장한 개막식 광경에 입을 다물지 못했다. 더군다나 개막식에 등장한 태극기는 한동안 애국심이라는 감정을 잊고 살았던 그녀에게 전율을 안겨주었다. 선수단 입장식이 시작되었다. 남한과 북한의 선수와 임원들은 각각의 국기 대신에 한반도 모양이 하늘빛으로 새겨진 하얀 깃발을 들고 아리랑 음악에 맞춰 두 손을 맞잡고 함께 입장했다. 남북한이 동시 입장하는 광경에 메인 스타디움에 운집한 수만 명의 관중이 일제히 기립박수를 치기 시작했다. 그녀는 이 장면에 뭐라 형용할 수 없을 정도로 가슴이 뭉클해지면서 자신도 모르게 이슬 같은 눈물이 맺혔다.

적어도 지금 이 순간만큼은 호주에서 펼쳐지는 올림픽 중계 열기를 빼고는 세상이 이상하리만치 조용했다. 마치 폭풍 전야처럼 느껴졌다.

이때였다.

엥－엥－에에－엥－

갑자기 매캐한 냄새가 스멀스멀 올라왔다. 뒤이어 수십 대의 소방차가 요란한 경적을 울리며 업소 건너편 도로를 바삐 달리기 시작했다. 사람들이 갑자기 여기저기로 뛰어갔고 한쪽에서는 삼삼오오 모여 걱정스러운 모습으로 수군거리고 있었다.

“무슨 일이지?”

그녀는 TV를 끄고는 아직도 잠의 늪에서 완전히 벗어나지 못한 눈꺼풀을 한껏 비비며 밖의 동정을 살폈다.

저 멀리 어디에선가 피어오른 새까만 연기가 동네를 송두리째 집어삼킬 듯 보였다. 갑자기 엄청난 공포감이 엄습했다. 소희는 동네의 모습이 더 잘 보이는 자리로 옮긴 후 어디에서 불이 났는지 고개를 쭉 빼고 이리저리 내다봤다. 슬래브 지붕들이 제멋대로 이어진 모습이 훤히 보였다. 동네 사람들이 수군거리며 우왕좌왕 어쩔 줄 모르고 이리저리 허둥대고 있었다. 그야말로 동네 전체가 아수라장이었다.

"죽은 아가들만 억울하고 불쌍하지."

불난 광경을 목격하고 돌아온 동네 여자가 마음이 무거웠는지 더 이상 말을 잇지 못하고 대신 혀를 끌끌 찼다.

"어찌된 것이여?"

골목을 지나다가 그녀와 우연히 마주친 또 다른 이웃 여자가 눈을 휘둥그레 뜨면서 급히 물었다.

"아, 긍께, 저 건너 동네 창녀촌에서 불이 났는디 그 안에 있던 아가들 몇 명이 빠져나오지 못하고 죽어부렀제. 시커멓게 그을린 시신들이 축 늘어진 채 들것에 실려 갔어라."

"참말로 큰일 났부렀네!"

"긍께."

그녀들은 잠시 멍하니 선 채 할 말을 잊은 듯했다.

"저 동네 불났대! 불구경 갈래?"

"어디?"

"여기서 가까워?"

"그럼."

매캐한 연기 때문에 손으로 코를 막으며 대화를 나누고 있는 그녀들 앞으로 한 무리의 남학생들이 떠들며 지나갔다. 남학생들은 화재 현장으로 우르르 몰려갔다.

갑자기 솟아오른 시커먼 연기와 화염에 한바탕 난리가 벌어지며 하루 종일 온 동네가 흉흉했다. 사방에서 웅성거리는 소리가 들렸으나 그들이 뭐라고 말하는지 자세히 알아들을 수 없었다.

소희가 머물고 있는 유흥업소는 1930년대에 슬래브로 지붕을 얼키설키 이어 지은 무허가 건물로서 동네 몇 군데에 이런 형태의 건물들이 다닥다닥 붙어 있었다. 건물 내벽은 베니어합판 위에 벽지와 신문지를 덕지덕지 바른 상태였다. 2층은 손님과의 '2차 영업'을 위해 한 평이 조금 넘는 쪽방 몇 개를 조그만 창문 하나 없이 촘촘히 만들어 놓은, 거칠고 험한 삶의 터전이었다.

통로는 성인 한 명이 간신히 오갈 수 있을 정도로 비좁은 미로였다. 1층에서 밖으로 나가는 출입문과 1층에서 2층으로 올라가는 문은 쇠창살과 이중 잠금장치를 해놓아서 밖에서 누군가가 자물쇠를 열지 않는 이상 밖으로 나가는 길이 원천적으로 봉쇄되어 있는 그런 기묘한 구조였다.

폭우라도 오는 날에는 슬래브 지붕 위로 비가 북을 두드리듯 굉음을 내며 쏟아져 내렸다. 쪽방 벽지에 빗물이 조금씩 흘러들어 퀴퀴한 냄새와 함께 세계 지도처럼 얼룩진 벽지가 너풀너풀 춤을 추었다.

"야! 느그들 지금 몇 신디 아직까지 잠을 퍼질러 자고 있는겨?"

목포가 고향이라는 주인아줌마의 목소리가 벽을 타고 방 안까지 들어왔다. 목소리는 소희의 귀에 번갯불처럼 날카롭게 꽂혔다. 소희는 탱크같이 요란한 소방차 소리에 정신이 다시 돌아왔지만 다른 아가씨들은 새벽까지 손님들을 접대하느라 진이 빠진 탓인지 아직 꿈나라에서 좀처럼 벗어나지 못하고 허우적거렸다.

"우욱."

소희는 위에서 올라오는 신트림 때문에 속이 더부룩했다. 화장실로 들어간 그녀는 고양이 세수처럼 대충 얼굴만 씻고 나왔다. 그녀는 밥도 거른 채 2층 쪽방으로 올라왔다. 그러고는 다람쥐 쳇바퀴 돌듯 오늘도 손님을 맞이하기 위해 방구석 화장대 앞에 앉았다. 그녀는 화장대 위에 이리저리 널브러져 있는 싸구려 화장품들을 하나둘 집어 얼굴 이곳저곳에 바르기 시작했다.

"매일 손님들과 술을 퍼마시고 그 짓을 몇 번이나 해야 하니 화장이 제대로 받을 리가 있나."

화장이 잘 받지 않자 그녀는 신경이 예민해졌다. 소희는 푸념하듯 한참을 혼자서 중얼거리며 어렵게 화장을 마쳤다.

1층으로 내려온 그녀는 골목을 지나는 행인들이 안을 훤히 들여다볼 수 있는 대형 유리창 앞 의자에 여느 때처럼 다소곳이 앉았다. 다른 아가씨들은 아직 화장을 마치지 않았는지 모습을 드러내지 않아 1층은 매우 썰렁한 분위기였다. 주인아줌마는 혼자 넋을 잃은 모습으로 선반 위 구닥다리 TV에 눈을 고정했다.

TV에서는 시드니올림픽 중계방송을 급히 중단하고 긴급 속보를 전하고 있었다.

전북 군산시 대명동 속칭 '쉬파리 골목' 유흥업소 화재로 성매매 여성 5명 사망, 1명 구조.

커다란 자막이 TV 화면 하단에 지나갔다.

"이들은 쇠창살이 설치된 한 평 반쯤 되는 쪽방에서 모두 질식해 사망했습니다."

아나운서가 급박하게 속보를 전하는 모습이 눈에 들어왔다.

"큰일 났어. 오늘 장사는 다 글러부렀네."

얼굴에 살이 두툼하게 오른 주인아줌마가 사색이 된 채 오른쪽 다리를 뒤뚱뒤뚱 절며 긴급 속보에 온 신경을 곤두세웠다.

"무슨 일 있어요?"

소희는 짐짓 아무것도 모르는 사람처럼 태연하게 그녀에게 다가가 물었다.

"이걸 어째, 저 뉴스 좀 보랑께. 옆 감뚝 동네 가게에서 불이 나 아가씨들 몇 명이 죽어버렸디야."

주인아줌마는 화재 사고의 공포감에서 헤어나지 못한 채 안절부절못했다. 그녀는 허둥거리며 쉽사리 말을 잇지 못했다. 그녀의 표정에는 언젠가 자신에게도 똑같은 일이 닥칠지 모른다는 불길한 기색이 역력했다. 조금 있으니 화장을 마친 아가씨들이 소희가 앉아 있는 유리창 앞 의자에 하나둘 나타나기 시작했다.

"워따메, 요거이 뭔일이랑가?"

속보를 본 초희가 의자에 촐싹거리고 앉으면서 아줌마에게 물었다.

"……."

옆에 있던 성미 역시 주인아줌마의 심상찮은 얼굴을 보고 걱정되어 똑같은 질문을 던졌으나 그녀는 묵묵부답이었다.

"얘들아, 저 건너 업소에 불이 나서 아가씨들이 많이 죽었대."

소희가 조용히 말을 꺼냈다.

"그래서 검은 연기와 매캐한 냄새가 이 동네까지 진동을 했구나."

1층으로 내려오던 다른 아가씨들의 눈동자가 휘둥그레졌다.

"그 업소는 내가 잘 아는 동생이 일하던 곳인데……."

갑자기 한 아가씨가 눈물을 글썽이며 말했다.

"결국 일하던 아가씨들 모두 그 안에 갇혀 탈출도 못하고……. 불쌍하게 죽어 나갔다는 얘기네."

모두들 웅성거리기 시작했다. 골목을 지나가는 행인들의 모습도 침울해 보였다. 마치 오늘따라 유난히 업소 아가씨들을 향해 싸늘한 눈총을 주는 것 같기도 했다.

"야, 이년들아! 가만히 앉아 있으면 밥이 나오냐, 떡이 나오냐?"

여느 때처럼 주인아줌마의 성화가 빗발쳤다. 그녀의 목청은 업소 천장을 쩌렁쩌렁하게 울리고도 남았다.

"시시덕거리지 말고 빨리 한 명이라도 붙잡아 와야 할 거 아녀?"

주인아줌마는 무엇에 화가 났는지 방문을 쾅 닫고 나오면서 담배를 피우며 차분히 앉아있는 아가씨들을 향해 되알지게 쏘아붙이며 닦달했다.

소희를 비롯하여 열 명이 넘는 이 업소의 아가씨들은 밤이 되면 흐드러지게 꽃단장을 했다. 아가씨들은 반쯤 벗은 야한 옷차림과 요염한 자태로 대형 유리창 너머로 지나가는 남정네들을 유혹하여 업소로 데려와야만 했다. 그녀들은 1차로 술을 팔고, 2차는 숨 막히게 좁은 2층의 쪽방에서 빨간 전구가 만들어내는 몽환적인 분위기 속에 손님들을 상대로 성매매를 해야 했다.

화재 사고가 일어난 지 꽤 시간이 흘렀다.

마침 TV 뉴스 시간에 경찰의 공식적인 사건 브리핑이 있었다.

지난 9월 19일, 전라북도 군산시 대명동 사창가 일명 '쉬파리 골목'의 유흥업소 화재 사고의 원인은 2층 계단 옆 배전반에서 발생한 누전으로 인해 일어난 것으로 확인되었습니다. 화재는 20여 분 만에 신속하게 진압되었지만 해당 건물에 환기구나 비상구는 따로 없었고, 창문과 문에는 쇠창살이 설치되어 있었습니다. 그뿐만 아니라 통로는 성인 한 사람이 간신히 지나갈 수 있을 만큼 좁았기 때문에 불길과 연기를 피하기 힘든 구조였습니다. 이곳은 겉으로 보기에는 평범한 3층 상가 건물처럼 보이지만 2층은 한 평 남짓한 쪽방 7개로 개조된 불법 성매매업소였습니다. 이 사고로 성매매 여성 5명이 밖에서만 열 수 있는, 이중 잠금장치로 된 문으로 인해 밖으로 미처 탈출하지 못하고 사망했습니다. 사망 원인은 5명 모두 질식사입니다.

"우리 가게하고 구조가 똑같네!"

뉴스를 보던 미애가 누구 들으라는 듯 큰 소리로 뇌까렸다.

"니, 시방 뭐라 했능가?"

방 입구에 앉아 화면을 보고 있던 주인아줌마가 두 눈에 쌍심지를 돋우며 버럭 소리를 질렀다.

"사실 아니에요?"

미애는 손거울에 눈을 고정한 채 화장을 고치며 계속해서 촐랑촐랑 말대꾸를 했다.

"급살을 맞아 죽을 년아!"

주인아줌마는 혹시라도 이 사실이 외부로 알려질까 봐 자격지심에 그랬는지 미애에게 더욱더 바락바락 악을 썼다. 두 여자 사이로 팽팽한 고무줄처럼 솟구친 긴장감이 옆에 있는 아가씨들을 싸고돌았다. 얼음장보다 차갑고 냉랭한 눈빛들이 서로 부딪치며 기이한 파열음을 냈다.

"사실을 사실이라 했는데, 내가 뭐 틀린 말 했어요?"

평소 말이 없는 미애였지만 오늘따라 주인아줌마를 똑바로 쳐다보며 앙칼지게 소리쳤다. 그러나 그녀의 말이 채 끝나기도 전에 주인아줌마의 억센 손이 그녀의 머리채를 한 움큼 붙잡았다. 아줌마는 미애를 바닥으로 내동댕이칠 기세였다.

"왜 이래!"

미애 역시 주인아줌마의 머리채를 휘어잡은 채 반말로 소리쳤다.

"어찌 그랬냐? 이년이, 니 오늘 잘 만나부렀다."

주인아줌마는 숨넘어가는 투로 말을 뱉었다.

"해볼 테면 해봐!"

미애 역시 전혀 기가 꺾이지 않았다.

"니, 매일 일수도 제대로 찍지 못해 밥값도 아까운디, 오늘 칵 뒈져부러라."

주인아줌마는 날이 바짝 서서 소리를 질렀다.

"죽여! 죽일 테면 죽여봐!"

미애는 바락바락 악을 쓰며 당장 누구라도 쓰러뜨릴 것처럼 거친 기세로 주인아줌마와 드잡이했다. 마치 그동안 마음속에 차곡차곡 쌓아놓았던 묵은 감정들이 한꺼번에 폭발하는 듯했다.

두 여자는 서로의 머리끄덩이를 잡고 쓰러졌다. 시멘트 바닥에서 엎치락뒤치락 서로 뒤엉키자 그녀들의 속옷이 찢기며 하얀 속살이 겉으로 드러났다.

옆에서 이를 보고 있던 다른 아가씨들은 잊을 만하면 종종 벌어지는 악다구니 광경이라 그런지 싸움을 말릴 생각을 전혀 하지 않았다. 그들은 담배만 피우면서 눈을 멀뚱멀뚱 뜨고 마치 시골 장터에서 벌어지는 닭싸움 구경하듯 했다.

"뭔 일 있는 거시여?"

밖에서 평소 아가씨들의 일거수일투족을 감시하고 있

는 몸치가 문을 세게 열고 안으로 고개를 숙이며 들어왔다. 190센티미터에 달하는 키에 유도 유단자인 그의 건장한 몸에 새겨진 문신은 그가 움직일 때마다 살아있는 동물처럼 꿈틀거렸다. 몸치의 부하들 몇몇이 그 뒤에서 무슨 일인가 하고 유리창 안을 찬찬히 들여다보고 있었다.

몸치는 두 여자를 간신히 떼어놓았다.

"아이고, 내가 못산다, 못살아."

주인아줌마는 분을 삭이지 못하고 그녀의 주특기인 신세타령을 늘어놓기 시작했다. 헝클어진 머리카락을 쓸어올리며 얼굴 여기저기에 시커멓게 번진 눈 화장을 수습하고 있는 미애에게 몸치는 성난 황소처럼 두 눈을 사납게 부라렸다.

"또 사고를 치면 그때는 알지?"

몸치는 그녀에게 단단히 일러둔 후 들어올 때처럼 문을 꽝 닫고 다시 밖으로 나갔다. 그러나 미애는 아랑곳하지 않고 총총히 돌아섰다.

"너, 잠깐 2층에 올라가서 숨 좀 고르고 내려와라."

어느덧 나이 서른이 넘어 이 업소의 최고참이 된 소희가 자기보다 다섯 살 아래인 미애를 구슬리며 화장이 얼룩진 그녀의 얼굴을 정성스럽게 닦아주었다. 소희는 이 상황을 빨리 무마시키려고 무던히도 애를 썼다.

“저 썅년, 한 번만 더 걸리면 그때는 저승에 가 있을 것이여.”

독살스러운 표정을 한 주인아줌마는 통탕거리고 계단을 올라가는 미애를 쏘아보며 소리를 질렀다. 아직도 분을 삭이지 못했는지 눈에 핏발이 바짝 서 있었다.

“이곳에서는 하루도 편할 날이 없네.”

“소리 좀 지르지 않고 살면 어디 덧나나?”

아가씨들 몇몇이 이 광경을 보고 꼴사나운 듯 툴툴거렸다. 소희는 정신을 차리고 가만히 주위를 살펴보았다. 폭풍이 한바탕 휩쓸고 지나간 듯 갑자기 엄청난 공허감이 그녀의 가슴속으로 밀려 들어왔다.

술렁거리던 업소 분위기는 언제 그랬냐는 듯 다시 고요함을 되찾았다. 골목에 자리한 여러 업소에서 울긋불긋한 네온사인 불빛들이 서로 뒤엉키며 이글이글 타들어 가고 있었다.

입은 듯 벗은 듯 야하게 차려입은 아가씨들이 역겨울 정도로 짙은 싸구려 화장품 냄새를 풍겼다. 아가씨들은 행인들에게 분주히 추파를 던지며 시답잖은 유혹의 손짓을 보냈다.

"망개떡, 망개떡, 망개떡 사세요!"

노란색 테이프로 덕지덕지 감아 붙인 떡 상자를 오른쪽 어깨에 멘 망개떡 장수의 목소리가 골목을 쩌렁쩌렁 울렸다. 골목은 망개떡 장수의 외침을 시작으로 점차 재래시장처럼 열기가 달아오르며 시끌벅적해졌다.

추억

소희는 여느 때처럼 아침 일찍 일어나 일기장에 몇 자 적어 내려갔다. 첫사랑을 막 시작했을 때 가슴이 설레 두근거리던 추억의 장소를 떠올리며 혼자 피식 웃었다.

그녀의 고향은 강원도였다. 태백 시내에서도 한참 걸어 들어가야 나올 정도로 깊은 산골 마을이었다. 사춘기가 막 시작될 무렵인 중학교 1학년 때 그녀는 개울가에 나갔다가 지환이와 우연히 마주쳤다. 지환이는 소희의 초등학교 동창으로 이웃집에 살고 있었다. 그는 내성적이라 말수가 별로 없는 남학생이었다.

지환이의 모습은 소희의 간밤 꿈속에 나타난 그 모습

그대로였다.

그날 이후로 무슨 운명 같은 느낌이 들었는지 그녀는 안방 창문의 창호지에 침을 발라 표시 안 나게 구멍을 낸 후 방에 아무도 없으면 구멍을 통해 이웃집 지환이의 모습을 훔쳐보는 게 유일한 낙이 되어버렸다. 학교에 가기 위해 먼 시골길을 마다하고 씩씩하게 걸으면서도 적어도 지환이를 생각하는 동안만큼은 설레고 두근거리는 마음이 상당 기간 일상이 되다시피 했다.

당시 지환이는 중학교를 마치고 인문계 고등학교에 진학했다가 가정 형편이 어려워 할 수 없이 실업계 고등학교로 전학을 갔다. 막내였던 지환이는 엄마가 중풍으로 몸져눕는 바람에 학비를 벌기 위해 객지로 나갔다. 그는 노숙까지 하며 공사판에서 속칭 노가다 아르바이트를 하고 있다고 했다. 그의 정확한 주소를 몰랐던 소희는 편지도 못하고 혼자서 애간장만 태웠다.

시간이 흘러 2년 만에 다시 고향으로 돌아온 지환이와 마을에 있는 큰 바위에 몸을 기대고 기타를 치며 같이 노래를 불렀다. 따사로운 햇살 아래 나란히 앉아 깔깔대기도 했다. 두 사람의 미래를 이야기하면서 함께 바라보던 파스텔 톤의 저수지 풍경이 눈에 아른거렸다. 특히 초여름 밤,

개구리가 논두렁에서 슬피 울 때만 되면 소희는 괜스레 눈물이 났다.

소희는 가난한 형편이었지만 중학교에 무사히 입학했다. 그러나 2학년으로 올라갈 때 학비를 마련할 길이 없어 일단 휴학하고 취직을 하기 위해 틈틈이 미용 기술을 배웠다. 마침 서울 뚝섬 근처에서 이발소를 운영하는 외삼촌이 서울로 올라오라고 했다. 막상 삼촌 집에 가 보니 그녀가 얹혀살 형편이 되지 않았다. 결국 소희는 어떤 수를 써서라도 중학교를 마치겠다고 큰 마음을 먹고 다시 고향으로 내려갔다.

고향에 돌아온 소희를 지환이는 반갑게 맞아주었다. 지환이는 소희와 함께 마을 뒷산으로 올라가 도토리를 한 자루 따서 정부미 부대에 담아 지게에 지고 소희네 집까지 가져다주곤 했다. 다행히 그해 도토리가 간장을 만드는 데 많이 쓰인다고 해서 도토리 값을 후하게 쳐준 덕분에 그 돈으로 소희는 학비를 간신히 마련할 수 있었다. 그녀는 휴학 공백기를 깨고 중학교에 계속 다니게 되었다.

광부로 일하다 시름시름 앓고 있었던 그녀의 아버지도 건강이 어느 정도 회복되어 다시 탄광에 다니며 자식들 뒷바라지를 할 수 있었다. 그 덕에 소희는 삼척 시내 가까운

곳에서 조그만 과수원을 하고 있는 친척 집에서 마침내 꿈에 그리던 고등학교를 다닐 수 있게 되었다. 과수원 친척 집은 전기가 제대로 들어오지 않아 많이 갑갑했으나 친척 부부가 잘 대해주고, 집안 동생들도 사교성이 좋아 그녀를 잘 따라서 한 가족처럼 지낼 수 있었다. 하지만 친척 아저씨는 매일 새벽이면 소젖을 짜면서 잠을 떨치기 위해 전축 볼륨을 크게 틀어 온 가족을 다 깨우곤 했다.

소희는 전축 소음을 피해 책을 들고 과수원에서 가장 높은 산등성이에 올랐다. 그녀는 산등성이 위로 떠오르는 태양을 바라보며 독서를 하고 꿈을 키우는 문학소녀였다.

어느 가을날이었다. 친척 집 큰아들이 지난여름 해수욕장에 다녀온 후 원인을 알 수 없는 피부병으로 가려움증이 극심해졌고, 이로 인해 불면증과 우울증이 한꺼번에 찾아왔다. 그는 결국 약을 먹고 자살을 시도했다가 응급실에 실려 갔다. 이 일이 있은 후, 그녀는 다니던 고등학교가 옆 도시로 이전해 친척 집에서 학교가 더 멀어진 이유도 있고 해서 자취를 해야겠다고 마음먹었다. 그녀는 가장 싼 월세방을 구해 자취를 시작했다.

어느 날 지환이가 소희가 이사했다는 소식을 어떻게 알았는지 그녀가 있는 곳을 수소문해서 찾아왔다.

"우리 바다 보러 갈까?"

그는 다짜고짜 바다가 보고 싶다고 소희에게 말했다.

"응, 세상 어디든 너를 따라갈 수 있어."

소희는 지금까지 바다를 제대로 즐기지 못했던 터라 바다에 가자는 그의 제안을 아무 조건이나 의심 없이 흔쾌히 따랐다. 그러잖아도 그녀가 먼저 그에게 놀러 가자고 조르려던 참이어서 그녀는 너무나 행복했다.

모든 잡념은 아무 저항 없이, 인간의 손이 아직 미치지 않은 바닷속으로 조용히 파묻혔다. 그녀의 눈에 어린 저녁 노을이 진 바다는 시리도록 아름다웠다. 수평선까지 거침없이 펼쳐진 바다가 두 사람의 희망적인 미래를 약속하는 듯했다.

그날 밤, 소희는 지환이와 미래를 약속하며 파도 소리가 귓가에 바로 들리는 민박집에서 난생처음으로 그와 황홀한 밤을 보냈다. 소희는 싱그러운 첫사랑이라는 의미를 가슴에 다시금 되새겼다. 사랑하는 사람과의 추억을 생의 마지막 순간까지 소중하게 간직하고 싶었다. 누군가를 마음에 품는 일은 행복하고 설레는 한편 두렵기까지 했다.

다음 날 새벽이었다. 소희가 잠에서 깨어나 이부자리

옆을 바라보니 지환이가 보이지 않았다.

"어디 갔지? 화장실 갔나?"

그녀는 창문을 열고 밖을 두리번거렸다. 바닷가 산책로와 바다를 황금빛으로 물들이는 일출 광경이 눈을 어지럽혔다. 햇볕이 온 세상을 따뜻하게 감싸고 있었다. 창문을 통해 방 안까지 길게 드리워진 햇살이 그녀의 생각을 이리저리 흩어놓기에 충분했다.

"그새 어딜 간 거야?"

소희는 가슴이 덜컹 무너져 내렸다. 공포감이 그녀의 가슴속으로 서서히 밀려 들어왔다.

소희는 발을 동동 구르며 민박집 마당에서 지환이를 기다렸다. 그가 몇 시간째 오지 않자 그녀는 주섬주섬 옷을 걸쳐 입고 민박집 부근 선착장으로 발길을 옮겼다. 해는 이미 수평선 위로 불쑥 솟아올라 있었다. 감미로운 햇살이 뱃사람들의 거친 수염과 그들의 산발한 머리를 비추며 휘감아 돌았다. 소희는 평소 뱃사람들이 해적 같은 느낌이 들어 무서웠지만 용기를 내어 그들에게 다가갔다. 그녀는 지환이의 인상착의를 찬찬히 말하며 그의 행방을 수소문하기 시작했다.

그들과 헤어진 소희는 마침 건너편 방파제 주변에서 열

살도 채 되지 않은 남자아이가 서성이고 있는 모습을 보았다. 그녀는 황급히 그 아이에게 달려가 지환이의 인상착의를 얘기하며 그의 행방을 물었다.

"누나가 얘기한 것과 비슷한 사람이 아까 방파제 쪽으로 걸어가는 것을 봤어요."

아이는 먼 바다를 바라보던 시선을 그녀에게 돌리며 말했다.

"그 사람이 정확히 어디로 갔는지 아니?"

소희는 가슴이 덜컥 내려앉았다.

"그 다음은 저도 못 봤어요."

소희는 다급해졌다.

"근데 너는 왜 혼자 방파제에 있어?"

"아빠가 고기 잡으러 갔다가 일주일째 돌아오지 않아서 매일 이곳에 나와 바다를 쳐다보고 있어요."

아이는 담담하게 말했다.

지환이의 마지막 모습이 계속해서 눈가에 어른거렸지만 그녀는 결국 그를 찾지 못한 채 두려움과 공포만을 가슴에 안고 자취방으로 돌아왔다.

"말도 없이 왜 떠났을까……."

소희는 지환이의 안부가 걱정스러운 한편 말없이 가버린 그가 야속했다.

"사정이 있어 떠나더라도 무슨 말이라도 좀 하고 가지."

지환이와의 연분홍빛 사랑이 이렇게 허무하게 끝나는 것은 아닌지 무척 두려웠다. 그러나 방학 동안 혼자 있는 것보다 고향 집에서 가족들과 함께 지내는 것이 나을 듯싶어 옷가지와 짐을 챙겨 집으로 돌아왔다. 이 세상 모든 것이 연기 속으로 멀리 사라진 것처럼 먹먹하기만 했다. 그녀의 마음속 깊은 곳까지 하얗고 서늘한 바람이 부는 뾰족뾰족한 나날이 계속되었다.

몇 달이 지나자 소희의 배가 점차 불러왔다. 그 지긋지긋하던 생리도 멈춰버리자 그녀는 안절부절못했다. 그러면서도 자신의 몸속에서 꼼틀거리는 작은 생명에 눈부신 경이를 느꼈다.

"부모님이 이 사실을 알면 나는 죽은 목숨인데……."

그녀는 아무에게도 말을 꺼내지 못한 채 벙어리 냉가슴 앓듯 혼자 끙끙 앓았다. 며칠 밤을 뜬눈으로 지새운 그녀는 고민 끝에 결론을 내렸다.

"차라리 내가 이 세상에서 없어지는 게 더 나을 거야."

그녀는 지환이와 함께 갔던 바다를 다시 찾았다. 세상에서 조용히 사라지자고 마음을 먹고는 해질 무렵 바닷가로 나갔다. 노을은 유난히도 아름다운데 소희의 마음은 슬픔으로 가득 차 눈물이 앞을 가렸다. 그녀가 울면서 바라본 건너 마을에서 저녁을 짓는 연기가 모락모락 피어오르고 있었다.

"우리 집에서도 지금쯤 저녁밥을 짓느라 연기가 피어나고 있겠지."

이 생각에 이르자 갑자기 한집에서 함께 살았던 할머니가 사무치게 그리웠다. 집채만 한 성난 파도가 금방이라도 자신을 삼킬 것처럼 몰아쳐 오는 이곳에 있는 것이 소름이 돋을 만큼 무서웠다. 순간 그녀는 미친 듯이 바닷가를 벗어나 시외버스 정류장으로 가서 고향으로 출발하는 버스에 올랐다.

늦은 밤 집에 도착하니 엄마는 옆집에 담배 엮는 일 품앗이를 가고 할머니만 홀로 안방에 있었다.

"할머니!"

할머니를 보자마자 참았던 눈물이 볼을 타고 하염없이 흘러내렸다.

소희는 다니던 고등학교도 그만두고 집안일을 도우며 지냈다. 시간이 흐를수록 배가 점점 더 불러왔다. 그녀는 아무도 자신의 임신 사실을 눈치채지 못하게 광목으로 배를 둘둘 말고 다니며 가족들에게 티를 내지 않으려고 무던히 애를 썼다.

그로부터 몇 개월이 지난 해 질 무렵 어느 날이었다. 갑자기 배가 찢어지는 고통을 느낀 소희는 가족 모르게 조용히 뒷산으로 향했다. 그곳은 소희가 어릴 때부터 동네 친구들과 소꿉장난을 하고 놀던 곳이어서 그녀는 산의 지리에 밝았다. 그녀가 이름 모를 나무숲을 통과하자 공허한 골짜기의 민낯이 고스란히 드러났다. 골짜기에서부터 바위 사이로 졸졸 흐르는 개울물 소리가 그날따라 유난히 크게 들려왔다.

산은 엄마 품처럼 고요히 모든 것을 감싸 안았고 나무와 풀들은 서로 뒤엉킨 채 거대한 괴물이 되어 그녀를 덮치는 것 같았다. 난로 연통 속의 그을음처럼 새까만 어둠이 본격적으로 그녀를 휘감기 시작했다. 새들도 눈을 살포시 감고 있는 깜깜한 밤에 소희는 이마에 송골송골 맺힌 땀방울을 손바닥으로 훔쳐내며 소나무 숲속으로 간신히 걸어 들어갔다.

그녀는 면 생리대로 사용하던 하얀 천을 바닥에 활짝 펼친 후 그 위에 쪼그리고 앉아 힘을 주기 시작했다. 얼굴 위로 식은땀이 비 오듯 흘러내렸으나 시간만 흐를 뿐 아무 소득이 없었다. 그녀는 다시 숨을 거칠게 몰아쉬면서 힘을 주었다. 어릴 적 젖 먹던 힘까지 다해 온몸에 힘을 주었으나 시간만 흘러갔다. 고통을 참아가며 이렇게 하기를 몇 차례……. 그러나 상황은 바뀌지 않았다. 하도 힘을 주다 보니 정신까지 몽롱해졌다. 갑자기 엄마가 보고 싶어졌다. 문득 이러다가 죽을 수도 있겠다는 생각이 들었다.

30분쯤 지났을까…….

갑자기 커다란 덩어리가 몸속에서 쑥 빠져나왔다. 아기 울음소리는 들리지 않았다. 소희는 겁부터 덜컥 났다. 아이는 울지 않았고 숨결도 느껴지지 않았다.

"엄마……."

소희는 제일 먼저 엄마 얼굴이 떠올랐다.

"엄마, 나 이제 어떡하면 좋아?"

그녀는 시뻘건 핏덩어리를 두 손으로 부여잡고 참았던 울음을 터뜨렸다.

"엉엉, 어어엉."

그녀는 가슴 한쪽을 시퍼런 칼로 도려낸 듯한 고통을

느꼈으나 이내 마음속 찌꺼기까지 다 털어낼 정도로 울고 나니 오히려 차분해지기 시작했다. 남은 천으로 대충 몸을 닦고는 사산된 아기의 시신을 준비해 간 광목에 고이 싸서 제일 큰 소나무 밑으로 갔다. 산속은 죽은 듯이 고요했다. 그녀는 주위를 더듬다가 손에 잡히는 날카로운 돌을 집어 소나무 아래의 흙을 깊숙이 팠다. 그런 다음 아기를 소중히 묻었다. 소희는 아기를 묻은 자리가 훼손되지 않도록 솔잎을 두껍게 덮은 후 발로 몇 번이나 단단하게 다졌다.

온몸에 진이 다 빠져버려서 도무지 집까지 걸어 내려갈 자신이 없었다. 그런 한편 자신의 분신을 흙 속에 묻고 나니 마취 주사를 맞은 것처럼 몸도 정신도 붕 뜨면서 아무런 통증도 느껴지지 않았다.

"정말 미안해, 아가야. 흐흑……."

흐느낌은 이내 통곡이 되었다. 소희는 두 손으로 얼굴을 감싸고 다시 목 놓아 울부짖었다. 무지갯빛으로 곱게 물들었던 한 소녀의 사랑은 이렇게 허무하게 끝나버렸다.

소희가 여섯 살 때 바로 아래 남동생이 홍역으로 시름시름 앓다가 세상을 떠났다. 그때 말고는 지금까지 살면서 오늘처럼 서럽고 슬펐던 적은 없었다. 그날은 유난히도 을씨년스러운 날씨였다. 아버지는 남동생의 시신을 거적때

기로 둘둘 말아 지게에 지고 뒷산으로 올라갔다. 한참 후 아버지가 산에서 내려왔다. 아버지는 빈 지게를 마당 한가운데에 내동댕이치더니 집에 모여 있는 마을 사람들의 시선도 아랑곳하지 않고 갑자기 땅바닥에 털썩 주저앉아 호랑이가 포효하는 것처럼 마을이 떠나가도록 목청 높여 울었다.

"경찰에 신고해야 할까?"

울음을 멈춘 소희는 저릿한 가슴을 움켜쥔 채 실성한 사람처럼 청승맞은 넋두리를 하염없이 늘어놓았다. 퉁퉁 부은 눈에는 아직도 눈물 자국이 선명했다. 그녀는 휘청거리는 발걸음을 지탱하기 위해 나무의 몸통을 잡고 산에서 내려오기 시작했다. 풀잎에 맺힌 이슬 냄새가 풍기는 맑고 차가운 밤공기가 훅하고 느껴졌다. 바람은 전혀 불지 않았고 밤안개는 거짓말처럼 말끔히 가셨다.

그녀가 고개를 들어 잠시 하늘을 바라보니 날카롭게 빛나는 별 무리가 그동안 야위었던 밤하늘을 가득 채우며 요란스러운 폭포수처럼 쏟아져 내렸다. 그녀는 주위를 둘러보았다. 별빛이 비쳐 어느 정도 훤해지자 사위가 점차 눈에 들어왔다. 그녀는 이슥한 밤의 소리를 들을 수 있었다.

나무에 부딪히고, 날카로운 나뭇가지에 찔리고, 발을 헛디뎌 넘어지면서도 그녀는 겹겹이 내려앉은 커피 같은 짙은 어둠을 힘겹게 헤치며 간신히 집으로 내려왔다.

소희는 아무 일도 없었던 것처럼 잠자리에 누웠으나 잠이 올 리가 없었다. 새벽은 순식간에 찾아왔다. 그녀는 하늘을 난생처음 보는 것처럼 목을 뒤로 젖히고 오래 쳐다봤다. 동녘 하늘이 자욱한 잿빛 안개를 걷어내며 푸르스름하게 밝아오더니 지새는달이 이내 수줍은 표정을 짓고는 시나브로 숨어버렸다. 그녀는 이불을 푹 뒤집어쓰고 눈이 퉁퉁 붓도록 소리 없이 울었다. 닭장에서 닭이 홰치는 소리가 요란스럽게 들려왔다.

다음 날 이른 아침, 소희는 날이 밝기가 무섭게 조용히 짐을 챙겨 뒷산에 올랐다. 저 멀리 나직한 산 위로 해가 점차 솟아오르면서 공중에 떠 있는 입자들이 황금빛으로 반사되었다. 파란 하늘과 돋을볕의 유리알처럼 투명한 햇살이 만드는 환상적인 광경에 그녀는 잠시 넋을 잃고 서 있었다. 바람은 까슬까슬한 나무들의 감촉을 비웃듯 스치고 아무 일도 없다는 듯 소리를 내며 무심하게 아침 공기를 갈랐다. 소희의 눈앞에 펼쳐지는 모든 것들이 뒷마당 투박한 장독 속 푹 묵힌 장에서 풍겨 나오는 세월의 흔적처럼 푸근하게 다가왔다.

그녀는 마지막으로 할아버지, 할머니, 부모님 그리고 여섯 남매가 바글거리며 오순도순 살았던 집 구석구석을 선한 눈망울에 가득 담았다. 마음이 차갑게 시려왔다. 옆집에서 아침을 준비하는지 굴뚝을 통해 하얀 연기가 모락모락 피어올라 사방으로 퍼져 나갔다. 어릴 때 엄마를 도와 밥을 지으려고 밥솥 아궁이에 불을 지피던 기억이 떠올랐다. 소희는 장작불에서 피어나오는 연기가 매워 눈물을 펑펑 흘렸다. 어린 시절 추억들이 그녀의 머릿속에서 두서없이 교차하고 있었다.

소희는 낭떠러지 끝에 서 있는 것 같은 절박감에 쫓겼다. 슬픔에서 오는 날카로운 절망감이 그녀의 온몸을 마구 꿰뚫고 흘렀다. 어쩌면 그녀 스스로 몸 안의 깊은 바다에 큰 바위보다 묵직한 닻을 내려 이제는 오지도 가지도 못하는 배와 같은 운명이 된 것인지도 몰랐다.

그녀는 얽히고설킨 추억을 떼어내지 못한 채 집이 시야에서 멀리 사라질 때까지 보고 다시 돌아보고를 반복하면서 차마 떨어지지 않는 발걸음을 돌렸다.

갑자기 모든 것이 영하의 시베리아 얼음처럼 혹독하고 차갑게 정지되어버린 것 같았다. 시리고 시린 고독이라는 울타리 속에 그녀 혼자 철저히 갇힌 느낌이었다. 낯선 두려움이 한가득 몰려오면서 가슴이 미어졌다. 그녀는 무심한 하늘을 원망했다. 쓰라리고 서러운 생각은 다시 그녀의 눈에 뜨거운 물줄기를 만들었다. 마음에 구멍이 뻥 뚫렸다.

하늘은 손끝에 닿으면 파랗게 물들 정도로 티끌 하나 없이 맑고 푸르렀다.

일상

소희가 일하는 유흥업소가 있는 개복동은 과거 손에 꼽히는 빈민촌이었다. 지대가 높아 속칭 '500 고지'로 불렸고, 한국전쟁 때 부산항 산기슭에 생선 비늘처럼 다닥다닥 붙어 있던 토담집들과도 흡사했다. 일명 '꽃집'으로 불리는 이 토담집들은 밤이면 흐드러지게 불야성을 이뤘다.

'2차 골목'으로 잘 알려진 이곳 개복동은 서울의 미아리 텍사스촌, 청량리 588 등과 같이 업소의 외관이 대부분 대형 유리창으로 되어 있어 안이 훤하게 들여다보이는 구조였다. 지난번 불이 났던 대명동은 불법 업소가 꽤 많았지만, 개복동은 형식적으로나마 허가를 받은 유흥업소들이 모여 각종 음란, 퇴폐행위가 공공연히 이뤄지고 있었다. 개복동 유흥가는 업소 아가씨들과 1차로 술을 마시고 업소 내에서 소위 '2차'를 진행하는 형태로 운영되었다. 골목에는 실질적인 성매매업소들이 밀집해 있었다.

"아저씨, 놀다 가세요!"

십 대 후반의 앳된 기철이가 업소 밖에서 삐끼 역할을 하고 있었다. 그는 지나가는 행인들에게 다붙어 걸으며 넉살 좋게 열심히 유혹의 덫을 놓았다. 기철은 몸을 가누지 못하고 휘청거리며 걸음을 옮기는 중년의 취객을 발견하고는 오늘도 그 앞을 가로막으며 열렬히 그를 유인하기 시작했다. 업소 바로 앞에 검은 승용차 한 대가 있었다. 승용차에는 몸치를 비롯한 그의 부하들 몇 명이 하루 종일 죽치고 앉아 있었다. 그들은 업소 아가씨들의 움직임을 일일이 감시했다.

"맥주 스무 병은 기본이고 2차 '즉석 불고기'도 바로 가능해요."

기철은 행인들에게 바싹 붙어 넌지시 값을 흥정했다.

"이 업소에서는 뭘 보여주능가?"

취기가 어느 정도 올랐는지 골목을 갈지자로 걷고 있던 남성이 기철에게 물었다. 넥타이를 맨 그는 회사의 중간 간부로 보였고 동료들과 함께 떠들며 지나가는 중이었다.

"일단 1차로 술을 마시면서 아가씨들의 '홀딱쇼'를 볼 수 있습니다. 그 후 2층에서 바로 2차가 가능해요."

기철은 숨 쉴 틈도 없이 말을 이어나갔다.

"별도의 팁은 없고, 처음 계산한 금액에 다 포함되어 있으니 저를 따라오세요!"

기철은 고등학교를 중퇴하고 일찌감치 친구 따라 이곳에 발을 붙였다. 그는 한 명의 손님이라도 더 물기 위해 끈덕진 태도로 안간힘을 썼다. 그렇게 해야지만 기철은 손님을 소개한 대가로 주인아줌마에게 숙식을 보장받고, 더 나아가 약간의 돈을 받을 수 있었다.

군산역에서 유흥업소가 즐비한 이 골목까지 손님을 끌고 오는 대가로 업소로부터 소개료를 챙기는 택시 기사들도 있었다. 오늘따라 손님이 없는지 그들은 아예 도로변에 택시를 세우고 한가하게 담배를 피우면서 잡담에 여념이 없었다.

"오늘은 개미새끼 한 마리 보이지 않네."

깡마른 체구에 건들면 바로 덤벼들 것 같은 미희가 반쯤 타다 만 담배를 재떨이에 비벼 끄면서 말을 꺼냈다.

"젠장, 들어오려면 바로 들어오지, 뜸을 들이긴."

옆에 있던 복희가 창밖으로 눈길을 던지며 말했다.

"여기 들어오면서도 뒤통수가 따가워서 그럴걸?"

한 아가씨가 껌을 짝짝 씹으며 대답했다.

소희는 주위를 둘러보았다. 아가씨들 모두 무대 위 배우처럼 짙은 화장을 했다. 입술에 새빨간 립스틱을 바르고 속살이 다 보이는 야한 옷차림이었다. 이 바닥에서 이제 서서히, 속칭 퇴물에 접어드는 삼십 대의 나이에 부담이 있던 소희는 입이 바작바작 타들어 갔다.

"온몸이 만신창이가 되도록 하루에 몇 번이나 손님을 받아도 빚이 좀처럼 줄지가 않아. 정말 큰일이야."

소희는 고단함이 덕지덕지 묻은 혼잣말을 조용히 뇌까렸다.

"낙태도 벌써 몇 번이나 해서 몸이 예전 같지 않아."

초희가 말을 이었다.

"이 바닥에서 일하다 보면 낙태 수술 다섯 번 이상은 기본 아니에요?"

막내인 상희가 거침없이 반문했다.

"언니, 경기가 예전 같지 않아서 더 그럴지도 몰라요."

건너편에 서 있던 미희가 소희의 마음을 읽었는지 담배 연기로 하트 모양을 만들어 눈으로 훑으면서 대답했다.

갑자기 가게 문이 요란한 소리를 내며 열렸다. 가무잡잡한 얼굴의 기철이가 깝죽거리며 외쳤다.

"아줌마, 여기 손님 열 명이요!"

지나가던 손님들이 기철이의 등쌀에 이 업소로 끌려온 모양이었다.

주인아줌마는 방에서 담요를 깔아놓고 운세를 본다고 화투짝을 토닥거리고 있었다. 그녀는 화투장을 휙 던지고 번개같이 방문을 열고는 뒤뚱거리며 뛰어나왔다.

"느그들 시방 뭣들 한다냐? 어서 손님들을 방으로 모셔야제!"

그녀는 눈을 부릅뜨며 아가씨들에게 소리쳤다.

"어서 오시랑께."

주인아줌마는 얼굴에 연신 함박꽃 같은 웃음을 피우며 손님들에게 호들갑을 떨었다. 1층에 있는 큰 방의 문이 열렸다. 손님 열 명이 갑자기 우르르 들어오면서 업소는 활기를 띠며 시장 바닥처럼 시끌벅적해졌다. 근처 회사의 직원들이 단체로 회식을 마치고 2차로 이곳을 찾은 것 같았다. 손님들은 큰 방에 자리를 잡았다.

"아줌마! 아가씨들 빨리 소개해야지?"

모두 앉자마자 그중 사장으로 보이는 대머리 남성이 친

근한 목소리로 주인아줌마에게 말했다. 그는 이 업소의 단골인 듯했다.

"아, 네. 조금만 기다리시면 하늘에서 선녀들이 내려와요, 호호호."

주인아줌마는 입에 발린 거짓말을 하면서 아가씨들을 흘깃 돌아봤다. 그러고는 허겁지겁 최고참인 소희를 비롯하여 초희, 성미, 미희, 복희, 상희, 미애 등 손님 숫자에 맞춘 열 명의 아가씨들을 큰 방으로 들여보냈다. 방문이 닫힌 후 아가씨들은 사열 받는 병사들처럼 한 줄로 쭉 늘어섰다. 그녀들은 간단한 인사와 함께 자기소개를 시작했다.

"인사드립니다. 저는 막내, 스물한 살 상희입니다. 잘 부탁드려요."

주인아줌마는 손님들에게 아가씨들 인사를 시킬 때 항상 업소에서 가장 어린 상희를 먼저 소개하는 고도의 전략으로 손님들의 관심을 끌었다.

자기소개를 마친 아가씨들은 손님들의 분부만 기다렸다.

"근데 아가씨들 이름이 왜 이렇게 촌티가 팍팍 나냐?"

한 손님이 물었다.

"촌티가 나긴요, 얼마나 한국적인 이름이에요, 호호."

주인아줌마가 바로 대답했다.

"얘는 쥐를 잡아먹었나? 입술이 왜 이리 새빨갛지?"

"쥐를 잡아먹긴요, 호호호."

"야, 너는 일로 가고 너는 절로 가서 앉아!"

"오늘은 이 아가씨 저 아가씨 시시콜콜 가리지 말고 그냥 차례대로 파트너 하시랑께!"

손님 중에 중간 간부로 보이는 남자가 민첩한 태도로 아가씨들을 직원들 사이사이에 골고루 앉혔다.

"이 중에서 누가 제일 큰 언니야?"

아가씨들을 앉힌 그 남자가 물었다.

"네, 저예요."

소희는 자리에서 일어나 손님들에게 공손히 인사했다.

"시간 없으니 빨리 홀딱쇼를 보여줘야지!"

"옳소!"

"안 나오면 쳐들어간다!"

사방에서 이구동성으로 거친 말들이 터져 나왔다. 소희는 아가씨들 중 가장 기술이 좋은 미애를 불러 일으켜 세웠다.

"이 아이의 쇼가 마음에 들지 않으시면 돈 안 받을게요."

소희의 말이 끝나기가 무섭게 미애는 남자들이 보는 앞

에서 옷을 훌훌 벗어 던졌다. 마침내 실오라기 하나 걸치지 않은 그녀는 병따개 손잡이를 음부 깊숙이 집어넣은 후, 상 위에 진열된 맥주병을 하나둘 따기 시작했다.

펑- 펑-

마개가 열린 맥주병에서 흰 거품이 콸콸 쏟아져 나왔다.

"우와!"

"브라보!"

"좋다, 좋아!"

"대박!"

남자들은 여기저기서 탄성을 쏟아냈다.

"이제 시작이랍니다, 호호."

이번에는 성미가 나섰다. 그녀 역시 옷을 훌러덩 벗고는 벽 위에 풍선 몇 개를 고정해 붙였다. 그녀는 나무젓가락을 음부 깊숙한 곳으로 집어넣었다. 성미는 나무젓가락의 뾰족한 부분을 풍선에 겨냥하고는 하체에 있는 대로 힘을 주었다. 그녀의 음부에서 빠져나온 나무젓가락이 풍선으로 날아갔다. 젓가락은 풍선 위에 꽂혔고 풍선은 펑 소리를 내며 터져버렸다.

"브라보!"

다시 여기저기서 환호성이 쏟아져 나왔다.

"이 과장! 정신 차려, 하하하."

너부죽한 얼굴의 사장이 이 과장이라는 사내를 가리키며 말했다. 사내는 중간에 앉아 침을 꼴깍꼴깍 삼키며 넋을 잃고 쇼를 바라보았다. 취기가 거나하게 오른 그의 벌그스레한 얼굴은 흥분의 도가니 속에서 더욱더 시뻘겋게 달아올랐다.

"옛날 조선시대에 기생들 훈련시킬 때 방바닥에 콩 몇 개를 뿌려두고 거시기로 그것을 집어 올리는 훈련을 시켰다던데."

"그래요? 그게 가능한가 보죠?"

"그렇게 훈련시켜서 훌륭한 명기를 만들었다고 하네."

"아, 그랬구나."

사장과 젊은 남자 직원이 술잔을 주거니 받거니 하며 농익은 대화를 쉬지 않고 이어갔다.

"다음은 제 차례예요!"

이번에는 손님 끝자락에 앉아 있던 상희가 벌떡 일어났다. 상희는 석류처럼 붉게 반짝이는 입술과 살짝 파인 보조개가 매력인 풋내기 아가씨였다. 그녀는 벼루와 먹, 한지를 가져와 방바닥 한가운데에 쫙 펼쳤다. 모든 준비가 끝난 상희는 손님들 앞에서 치마를 훅 걷어 올렸다. 새하얀 허벅지가 살짝 보이기 시작하자 그윽한 눈길로 그녀를 바라보던 남자들이 탄성을 질렀다. 그녀는 붓 자루를 음부 속으로 조심스럽게 집어넣었다. 그러고 나서 미리 먹을 갈아놓은 벼루 위로 가 붓에 먹을 잔뜩 묻혔다. 상희는 한지 위에 쪼그리고 앉아 한 자 한 자 글씨를 써 내려갔다.

가화만사성.

그녀가 쓴 붓글씨는 비록 삐뚤삐뚤했지만 남자들은 그녀의 솜씨에 입을 다물지 못했다. 마지막으로 복희가 나왔다. 그녀 역시 음부 속으로 이미 금이 간 달걀을 넣었다. 그녀가 달걀 껍데기를 깨는 장면을 연출하자 홀딱쇼는 절정에 달했다.

"좋아, 좋아! 이대로 쭉 가는 거야!"

사장의 건배 제의에 모두들 부어라 마셔라 하며 맥주를 입에 들이부었다. 저만치에서 이 광경을 지켜보던 주인아줌마가 흐뭇한 미소를 지었다. 그녀의 웃음이 모처럼 업소 전체에 훈김을 불어넣었다.

"야! 누가 멋들어지게 한 곡조 뽑아봐!"

손님 중 한 명이 술에 잔뜩 취해 몸을 제대로 가누지 못한 채 크게 소리쳤다.

"꽃피는 동백섬에 봄이 왔건만……."

"아싸, 아싸!"

"사랑에 속고, 돈에 울고……."

"살리고, 살리고!"

손님들 사이사이에 끼어 앉은 아가씨들은 젓가락으로 테이블 위를 두들기며 박자를 맞췄다. 그러자 흥이 오른 손님 하나가 벌겋게 달아오른 얼굴로 자리에서 벌떡 일어났다. 그는 넥타이를 풀어 자신의 머리에 질끈 동여맸다. 그러고는 엉덩이를 씰룩대며 엉덩이춤을 추고 노래를 했다. 모두들 한껏 따라 부르기 시작하자 얼근한 술기운과 함께 방 분위기가 최고조에 달했다. 손님들은 맥주에 소주를 섞어 폭탄주를 만들었다. 그들은 기세 좋게 입 안 깊숙한 곳으로 단숨에 술을 쏟아 넣었다. 알싸한 맛이 그들의 혀끝으로 미끄러져 내려갔고 술기운이 점차 그들의 이성을 마비시키고 있었다. 적어도 다들 이 순간만큼은 그들 사이에 생겼던 갈등과 분노 같은 감정들을 까맣게 잊고 싶은 모습이었다.

처음에 손님들이 시켰던 맥주가 이미 바닥나 몇 박스나 방으로 더 들어가고 나서야 광란의 분위기가 서서히 마무리되었다. 1차가 막바지에 이르자 아가씨들이 하나둘씩 자기 손님들을 데리고 다닥다닥 붙어 있는 2층 쪽방으로 향했다. 천장에 덩그러니 매달린 붉은 전구가 계단을 희미하게 비췄다.

얼마 지나지 않아 빨간 전구와 누추하게 깔린 이부자리가 서로 부자연스럽게 공존하는, 방음이 전혀 되지 않는 쪽방 이곳저곳에서 손님들과 아가씨들의 신음소리가 계속 새어 나오며 요란스럽게 귀를 울렸다.

한 시간쯤 지났을까. 2층 방에서 내려온 손님들은 아주 흡족한 표정으로 아가씨들을 억센 팔에 끼고는 볼에 입을 맞추느라 난리였다.

"왜 이러세용~"

아가씨들의 간드러지는 콧소리에 남자들은 자지러졌다.

"아줌마! 얘하고 재, 내가 데리고 나가서 자면 안 돼?"

약간 통통한 체구의 손님이 넉살스러운 표정을 하고는 혀 꼬이는 소리로 화대를 계산했다. 그는 거드름을 피우며 아가씨 두 명과의 외박을 넌지시 요청했다.

"두 아이를 한꺼번에? 돈이 많으신가 봐?"

"아가씨 한 명 하룻밤 데리고 나가는 데 백만 원씩 해서 이백만 원인데, 콜?"

주인아줌마는 평소 찌푸리고 있던 양미간을 활짝 편 채 손님과 두 아가씨들을 번갈아보며 말했다. 남자는 주인아줌마의 말에 정신이 번쩍 나는지 손사래를 치며 고개를 좌우로 흔들었다.

"아가씨들 데리고 나갈 수 있는 능력이 생기면 나한테 바로 얘기하시랑께."

주인아줌마는 너스레를 떨었다.

"그렇게 해용, 오빠!"

손님 배웅을 나온 한 아가씨가 주인아줌마 옆에서 콧소리를 내며 한마디 거들었다.

업소 간판에서 뿜어져 나오는 울긋불긋한 네온사인 불빛이 밤의 열기와 함께 식을 줄 몰랐다. '소돔과 고모라'와도 같은 이곳 유혹의 장소 바로 앞에 교회가 있었다. 업소의 불빛은 우뚝 솟은 교회 첨탑 십자가의 빨간 불빛과 경쟁이라도 하듯 골목을 붉게 물들여갔다.

과거

손님들이 진탕 놀고 간 자리는 한바탕 폭풍이 휩쓸고 지나간 것 같은 분위기였다. 그들이 모두 뒤가 저린 모습으로 업소를 빠져나가자 업소 분위기는 이내 차분해졌다. 아가씨들은 언제 그랬냐는 듯 가볍게 화장과 옷매무새를 고친 후 다시 대형 유리창 앞 의자에 앉았다.

"주인아줌마는 혼자 살아?"

미희가 조용히 말을 꺼냈다.

"글쎄, 나도 모르겠네."

"남편 얘기를 한 적이 한 번도 없어서……."

한 아가씨가 말끝을 흐리며 대답했다.

"주인아저씨는 다른 사업 때문에 워낙 바빠서 업소에 얼굴을 들이민 적이 한 번도 없다고 하던데."

"아줌마가 쓰는 사투리를 자세히 들어보면 정통 전라도 사투리가 아닌 것 같기도 하고."

"전국을 두루 누볐으니 이곳저곳의 사투리가 뒤죽박죽 섞였겠지."

"우리가 쓰는 사투리는 어떻고?"

"호호호."

"주인아줌마는 그저 바지사장이라는 소문도 있고."

"그건 그렇고, 아줌마 오른쪽 다리는 왜 다쳤대?"

"내가 그걸 어떻게 알겠니?"

"하긴……."

아가씨들 사이에서 주인아줌마에 대한 얘기가 계속 이어졌으나 그녀에 대해 제대로 알고 있는 사람은 단 한 명도 없었다.

어느 나른한 오후였다. 1층 홀에는 기철이와 소희 단둘만 있었다.

"기철아, 너 혹시 주인아줌마에 대해 아는 것 좀 있니?"

소희의 갑작스러운 물음에 기철은 사방을 두리번거리며 잠시 머뭇거렸다. 그러더니 조심스럽게 입을 열었다.

"아줌마는 가정불화로 남편과 이혼한 후, 목포역 근처에서 혼자 티켓다방을 운영했어요. 다방 레지 아가씨들에게 차를 배달하면서 손님들과 즉석 성매매를 하도록 시켰대요. 그러다 불법 성매매 혐의로 경찰에 적발되어 철퇴를 맞고 다방을 접었대요.

그 후 몇 년간 정처 없이 떠돌다가 성매매업소 일을 시작했다고 해요. 어느 날 경찰이 기습 단속을 나왔는데 아줌마가 경찰을 피하려고 3층 창문에서 급히 뛰어내리다 오른쪽 다리가 부러졌대요. 병원에서 다리뼈를 잇는 대수술을 받았지만 그 후로 지금까지 오른쪽 다리를 절게 되었고……."

기철은 나지막한 소리로 계속 말을 이어나갔다.

"병원에서 퇴원한 후 이곳 군산으로 흘러들어와 지인의 도움으로 이 업소를 운영하게 되었대요. 몸치 형과는 그렇고 그런 사이라는 소문도 떠돌아요."

주인아줌마는 가끔 속상한 일이 있을 때면 안주 없이 깡소주 한 병을 벌컥벌컥 들이켜면서 아가씨들 앞에서 자신의 처지를 비관하는 신세타령을 했다. 술을 많이 마신 날은 영락없이 평소와는 다른 거친 모습으로 괴성을 지르다가 앞에 보이는 물건을 던지고 부수는 등 이상행동을 보였다.

햇살이 눈부시게 따사로운 오후였다.

"그건 그렇고, 너는 왜 여기까지 와서 개고생이냐?"

한 아가씨가 주인아줌마가 자리를 비운 틈을 타 숨을 돌리며 옆에 있는 미애에게 넌지시 물었다.

"여기 사연 없는 사람이 어디 있겠니?"

미애는 말을 멈추더니 무언가를 생각하다가 신중하게 말을 꺼냈다. 그녀의 목소리에서는 어떠한 감정도 느껴지지 않았다.

"나는 집이 찢어지게 가난해서 학교를 더 이상 다닐 수 없어 중학교를 중퇴했어. 통영에서 무작정 상경한 후 화장품 외판원 보조 일을 하다가 돈이 너무 궁해 직업소개소를 찾아갔어. 소개소를 통해 종로에 있는 한식 요정집으로 갔지. 그때 거기서 막일을 하던 심부름꾼이 나를 덮쳐서 임신이 되는 바람에 할 수 없이 원치 않는 결혼을 했어. 어느 날 남편이란 놈이 다른 여자와 그걸 하는 장면을 직접 목격하고서는 뒤도 돌아보지 않고 그길로 가출해서 여기까지 오게 된 거야."

"……."

아가씨들 모두 공감한다는 표정을 지으며 한동안 말이 없었다. 두 무릎 사이에 머리를 파묻고 가만히 이야기를 듣고 있던 초희가 침묵을 깨고 말을 이었다.

"나는 목포에서 늦둥이 막내딸로 태어났는데 나 역시 중학교도 가지 못할 정도로 집이 찢어지게 가난했어요. 어느 날 밤, 극장 뒷골목에서 동네 양아치들에게 끌려가 윤간을 당했어요. 임신을 했는데 누구 아이인지도 모른 채 유산이 됐고, 먹고살기 위해 서울 부잣집 가정부로 들어갔어요. 그 집 거실에서 잠을 자고 있는데 주인아저씨가 나를 강간했어요. 그 바람에 집을 뛰쳐나와 여기저기 돌아다니다가 직업소개소를 거쳐 이곳까지 왔어요."

"……."

초희의 이야기를 들은 미희는 마치 다 이해한다는 표정으로 그녀의 손을 부드럽게 잡았다. 미희의 눈가에 이슬 몇 방울이 아롱아롱 맺혔다. 그러고는 그동안 굳게 다물고 있던 입을 서서히 열었다.

"내가 중학교 1학년 때, 애비라는 새끼가 나를 건드렸어. 방에서 자고 있는데 슬그머니 들어왔지. 이게 말이 돼? 결국 나는 그길로 집을 나와버렸는데, 나중에 소문을 들으니 엄마는 이혼을 했다고 하네. 가정이 풍비박산 났지. 일정한 거처도 없이 여기저기 떠돌아다니다가 어떤 놈이 또 나를 덮쳐서 임신을 했어. 애를 낳았는데 글쎄 장애인으로 태어난 거야. 할 수 없이 그놈하고 결혼을 했지. 시어머니라는 사람이 매일매일 구박을 하는 바람에 도무지 견딜 수가 없어서 가출했고, 어쩌다 보니 이곳까지 흘러들어왔어."

제일 끝 의자에 앉아 있던 한 아가씨도 용기를 내어 말했다.

"저 역시 경상도 산골의 가난한 집에서 태어났어요. 어느 날 친오빠가 나를 강간했어요. 그런데 나중에 이 사실을 안 엄마는 오빠 편만 들었어요. 저는 그길로 가출했는데 길거리에서 만난 깡패에게 끌려가 또다시 강간을 당했어요. 이리저리 배회하다가 내 발로 직접 이곳 사창가에 들어오게 됐어요."

마지막으로 막내 상희가 머뭇거리다가 눈물을 훌쩍이며 신세 한탄을 했다.

"저는 천안에서 고등학교에 다니고 있었는데 아버지가 바람이 나서 집안이 쫄딱 망했어요. 더는 집안 꼴이 보고 싶지 않아 무작정 가출했어요. 오갈 데가 없어 이리저리 방황하다가 티켓다방으로 들어가게 됐어요."

손거울로 잠시 얼굴을 살피던 그녀가 말을 이었다.

"저는요, 천안역에서 만난 어떤 아줌마의 그럴싸한 꾐에 넘어갔어요. 다방에서 일하면 월 수백만 원은 무조건 보장하고 선불금도 준다는 말에 며칠간 굶었던 저는 웬 떡이야 하면서 넙죽 그 아줌마를 따라가게 됐죠. 나중에 알고 보니까 사기였던 거예요. 저는 그 선불금이라는 올가미에 빼도 박도 못하게 걸려버렸죠."

옆에 앉아 있던 성미가 상희의 입장을 다 공감한다는 표정을 지으면서 그녀의 눈을 처연하게 응시했다.

"일단 돈이 한 푼도 없으니 선불금으로 화장품을 마련하고 옷을 사서 입고 일을 시작했죠. 손님을 하루만 받지 못해도 오십만 원 정도의 벌금을 내야 했는데, 며칠 아프거나 하면 큰일 나는 거예요. 이자가 기하급수적으로 불어나는 선불금이라는 족쇄에 손발이 꽁꽁 묶여 아가씨들 대부분 평균 삼천에서 오천만 원이나 되는 빚을 지게 돼요. 저는 선불금과 그 이자를 갚기 위해 생리 중이거나 몸이 아파도 제 의지와는 상관없이 몸을 팔 수밖에 없었어요. 죽어서 시체로 이곳을 빠져나가기 전에는 영원히 그 빚을 갚을 수 없을 거예요."

상희의 입에서는 봇물 터지듯 그동안 쌓였던 이야기들

이 줄줄 나왔다.

"손님을 받기 위해 필요한 옷을 사거나 세탁비, 미용실비 등도 전적으로 제가 부담해야 하니 이곳에서는 일을 하면 할수록 빚만 지는 더러운 구조예요. 하지만 저는 악착같이 돈을 벌어서 빚만 다 갚으면 고향으로 내려갈 거예요."

이렇게 말하는 그녀의 얼굴에는 이곳 생활에 대한 깊은 후회와 번민이 묻어났다. 상희의 말을 가만히 듣고 있던 소희는 망가져 가고 있는 자기 몸과 함께 점차 쌓여만 가는 빚더미가 남 일 같지 않아서 한숨이 절로 나왔다.

"우리 모두는 쇠사슬에 꽁꽁 묶여 도망치지 못하게 감금된, 숨만 간신히 쉬고 있는 살아있는 인형에 불과하지."

"……."

아가씨들 사이로 납덩이처럼 무거운 침묵이 흘렀다.

"우리가 힘들게 몸을 팔아서 번 돈을 주인아줌마와 반반씩 나눈다고 해도 이 중에서 상당 비용이 다시 선불금 이자, 숙식비, 벌금 등의 명목으로 아줌마와 몸치 일행에게 되돌아가는 구조라는 사실, 다들 잘 알고 있지?"

소희는 여동생 또래의 아가씨들을 쭉 살펴보면서 말했다.

“물론 이 중에는 험한 꼴을 당하며 한 푼 두 푼 모은 피 같은 돈을 고향 부모님에게 보내는 효녀도 있겠지만, 대부분은 빚더미에 허덕이다가 결국 빚을 다 갚지 못하게 될 거야.”

아가씨들은 그녀의 다음 말을 기다리면서 눈을 크게 뜨고 소희의 입만 뚫어지게 쳐다봤다.

“빚을 갚지 못하면 어떻게 되나요?”

한 아가씨가 마사지를 한답시고 얼굴에 오이 조각을 붙인 채 어수룩한 표정으로 소희에게 물었다.

“빚을 갚지 못하면 결국에는 업소 주인이 다른 곳으로 헐값에 팔아넘기겠지. 이 바닥에서는 흔한 일이야.”

여기저기서 본인들이 겪었던 경험담들을 피를 토하듯 쏟아냈다.

“가장 최악은 외딴 섬에 팔아넘기는 거죠? 그게 제일 막장 아닌가요?”

평소 엄지손톱을 잘 물어뜯어 손톱이 엉망인 아가씨가 침묵을 깨고 물었다.

소희는 그녀를 쳐다보며 대답 대신 조용히 고개만 끄덕였다.

“언니, 지난번에 불이 났던 동네에는 왜 유난히 방석집이 많죠?"

한 아가씨가 뜬금없이 소희에게 물었다.

"나도 모르지……."

소희는 말을 이어나갔다.

"군산항이 근처에 있어서 선원들이 고기를 많이 잡아 큰돈을 만지거나 인근 산업단지에서 일하는 직원들이 보너스라도 받는 날이면 우르르 몰려와서 돈을 뿌리고 간다는 것밖에는."

밤은 소리 없이 깊어만 갔다. 인적이 드문 빈 골목을 손님 대신 채우고 있는 것은 아가씨들의 머리 색깔만큼이나 화려한 형형색색의 네온사인뿐이었다. 기철은 골목에 손님이 뚝 끊기자 업소 앞에 상주하고 있는 택시를 불렀다.

"군산역으로 가는 모양이지?"

평소 단골손님을 역에서 업소까지 실어 나르던 택시 기사가 기철에게 물었다.

"어째 골목에 개미새끼 한 마리도 보이지 않네요. 할 수 없이 역으로 가요."

기철은 피곤이 묻어나는 말투로 대답했다.

택시는 깜깜한 밤을 헤치며 십여 분 거리에 있는 군산

역으로 내달렸다. 멀리 산업단지 공장들이 야간작업을 하며 켜놓은 환한 불빛만이 그 존재감을 드러내고 있었다.

기철이 역에 도착하니 지금 막 기차에서 내린 몇몇 승객들만이 이리저리 흩어지며 황량한 모습을 연출하고 있었다. 기철이 주로 접근하는 손님은 혼자 있는 사람보다는 단체로 몰려다니는 무리였는데 오늘따라 군산역 광장에는 단체로 다니는 남자들이 전혀 눈에 띄지 않았다. 회사원으로 보이는, 말쑥하게 차려입은 중년 남성 한 명밖에 없었다.

"아저씨, 이쁜 아가씨들하고 술 한잔하시죠?"

기철은 되도록 상냥한 표정을 지으면서 그 남자에게 다가가 말을 꺼냈다.

"맥주는 기본 네 병이고요, 다른 곳에서는 쉽게 볼 수 없는 홀딱쇼를 감상하면서 아가씨들과 진탕 놀 수 있어요."

기철은 말을 계속했다.

"원하시면 바로 2차도 할 수 있어요."

남자는 집요하게 달라붙는 기철의 손을 한사코 뿌리쳤다.

"우리 업소에는 모두 쭉쭉빵빵한 미녀들만 있어요."

기철의 목마른 유혹에도 넘어가지 않고 남자는 뚜벅뚜벅 발소리를 내며 그냥 자기 갈 길을 가버렸다. 기철은 그가 멀리 사라질 때까지 뒷모습을 물끄러미 지켜볼 수밖에 없었다.

스산한 바람이 무서리가 내린 어둠 속에서 광장 벤치에 잠깐 머물다 지나갔다.

풋사랑

어느 날 자정이 넘은 시각이었다.

주인아줌마가 업소 문을 닫으려는데 사십 대 초반으로 보이는 남자가 혼자 가게 문을 조심스럽게 열고 들어왔다. 마침 주인아줌마와 아가씨들은 모두 방에 들어가 있었고 소희 혼자 1층에 앉아 있어서 그녀가 손님을 맞이하게 되었다.

"어서 오세요."

소희가 그 남자에게 인사를 건넸다. 그는 머뭇거리고 주저하는 모습이 역력한 것으로 보아 이런 곳을 많이 다녀 보지 않은 느낌이었다.

"저 혼자 조용히 술을 마시고 가도 되나요?"

그는 용기를 내어 묻는 것 같았다.

"그럼요, 제가 친구가 되어드릴게요."

소희는 주방으로 가 냉장고에서 맥주를 꺼내고 과일 한 접시를 내와 술상을 차렸다.

손님 앞에 앉아 찬찬히 그를 쳐다보던 그녀는 소스라치게 놀랐다.

"무슨 문제 있으신가요?"

그는 소희에게 정중하게 물었다.

"아, 아니에요."

소희는 겨우 마음을 달래며 대답했다. 그는 십여 년 전 강원도 바닷가에서 사라져버린 지환이와 너무 닮은 모습이었다. 소희는 갑자기 당시 상황이 떠올라 어쩔 줄 몰랐다.

"자, 한 잔 받으세요."

소희는 마음을 가라앉히고 그에게 맥주를 한가득 부어 권했다. 그는 소희에게도 한 잔 따라주었다.

"차분하게 생기셨네요."

손님의 빈말이라는 걸 알고 있지만 소희는 이 말이 싫지 않았다.

둘이서 술잔을 주거니 받거니 하면서 시간이 꽤 많이 흘렀다.

"조금 있으면 동이 틀 텐데 그냥 아침까지 주무시고 가는 게 어때요?"

그녀는 손님에게 2차를 권했지만, 돈을 벌겠다는 생각보다는 그에게서 지난날의 추억과 지환이를 조금이라도 더 느끼고 싶어 이렇게 말했다. 술상을 물린 그는 마지못한 태도로 소희를 따라 2층의 쪽방으로 올라왔다. 방은 한 평 남짓 되는 크기로 아주 작았지만, 나름 여자가 사는 방임을 입증하듯 아기자기하게 꾸며져 있었다.

"옷부터 벗으세요."

소희는 그에게 말했다.

"옷은 벗을 거지만 그냥 꼭 껴안고만 있다가 갈게요."

소희는 그의 말을 의아하게 생각했다.

"혹시 제가 마음에 들지 않으세요? 저보다 어린 다른 아가씨를 불러드릴까요?"

소희의 반응에 남자는 무척 당황한 표정을 지으며 대답했다.

"아뇨, 그럴 필요 없어요."

소희는 불을 끄고 옷을 벗은 후 그의 가슴에 폭 안겼다.

정말 오랜만에 느끼는 푸근한 품이었다. 갑자기 지환이에게 안겼던 그 밤이 생각났다.

"우리 그냥 얘기 좀 하다 자요."

그는 소희를 끌어안으면서 그녀의 귀에 속삭였다.

"남자와 여자는 왜 섹스라는 것을 해야 할까요?"

소희가 먼저 말문을 열었다.

"그야 인간들이 원죄를 짓고 에덴동산에서 쫓겨난 이후, 그 짐을 지고 가야 하기 때문 아닌가요?"

그는 다정하게 대답했다.

"에덴동산에서 선악과를 따먹도록 유혹한 하와에서부터 막달라 마리아까지, 그녀들은 모두 죄인일까요?"

그녀는 계속해서 물었다.

"목사, 신부, 승려 등 특정 종교를 막론하고 성직자들도 이런 곳에서 인간의 본능인 성욕을 풀고 가곤 하죠."

"불쌍한 솔로들도 욕정을 풀어야 하고……."

그녀는 말끝을 흐렸다.

뜬금없는 그녀의 말에 그는 잠시 멈칫했다.

"남녀 할 것 없이 열 여자, 열 남자 마다하지 않는 게 인간의 본능인 것 같아요. 이 지구상에 아무리 사람이 많다고 해도 결국 성별은 남자와 여자 둘밖에 없는데, 남녀가 서로에게 끌리지 않았더라면 아픔도 거의 없었을 거예요. 사랑에 속고 돈에 우는 타령을 하는 영화, 소설, 노래들도 존재하지 않았을 거고요. 사랑에는 진정한 사랑도 있겠지만 이곳에서처럼 얼마 못 가서 스러져버리는 물거품 같은 사랑도 있겠죠? 하룻밤 풋사랑 말이에요……."

소희는 정말 오랜만에 만난 친구에게 마음속 깊은 곳에 숨겨두었던 이야기보따리를 풀어놓듯 그에게 하나씩 털어놓았다.

"그럴 수도 있겠네요."

그는 나지막한 목소리로 대답했다.

"제가 어릴 때 엄마한테 애는 어디로 낳냐고 물었더니 엄마가 그냥 깔깔거리고 웃으셨던 기억이 나요."

"……."

그는 그녀의 말을 가만히 듣고만 있었다.

"몇 년 전, 대전에 있는 한 업소에서 일할 때였어요. 제 남동생 또래의 대학생 한 명이 혼자서 술 마시러 왔는데, 옷을 며칠 동안 갈아입지 않은 건지 찌든 땀내가 풀풀 났어요. 몇 마디 나눠보니 자취생 같았어요. 화장실에 들어간 나를 쫓아와서는 제 그곳을 가까이서 보는 게 소원이라고 애걸복걸하는 바람에 일 보다 말고 그냥 다 보여줬어요. 그랬더니 바지를 훌러덩 내리고는 제 눈앞에서 열심히 자위를 하더니 사정을 해버렸어요."

그녀는 평소답지 않게 말이 많아졌다.

"하긴 여자들도 자위를 하는데요……. 며칠 전 신문 기사를 보니 평소 '섹스는 악의 근원'이라고 주장하던 한 젊은 남자 의사가 당직 날 아무도 없는 수술실에서 자기 성기를 메스로 뚝 잘라버렸데요.

밀림에서 사나운 맹수들이 온순한 초식동물들을 힘으로 제압해서 잡아먹듯이 이 사회에서도 힘 있는 남자들이 연약한 여자들을 잡아먹지 못해 안달이죠. 혹시 그거 알아요? 여자들은 예뻐지기 위해 머리부터 발끝까지 온몸에 화학약품을 발라야 한다는 사실 말이에요. 머리카락에는 염색약과 파마약 등을 바르고 눈, 얼굴은 물론 말할 것도 없고요. 심지어 발톱 매니큐어까지."

그녀는 쉬지 않고 말을 이었다.

"그래도 우리 같은 여자들이 성욕을 참지 못하는 이 세상 남자들의 욕구를, 아니 배설물을 이만큼 받아주었기에 망정이지 안 그랬으면 강간과 같은 흉악 범죄가 사회에서 더 기승을 부렸을 것 같아요."

소희는 자기가 지금 무슨 말을 하고 있는지 몰랐다. 결국 그녀는 말을 다 맺지 못한 채 오래간만에 느낀 심장 박동 소리를 자장가 삼아 그의 품에서 잠이 들어버렸다.

남자는 그녀가 잠이 든 것을 확인한 후 담배 하나를 꺼내 물고 찬찬히 불을 붙였다. 그러고는 먹물을 뿌린 것 같이 깜깜한 쪽방의 천장을 뚫어지게 바라보면서 담배 연기를 몇 번이나 위로 뿜어댔다.

잠시 후 그는 소희를 옆으로 조심스럽게 밀어 눕힌 후 일어나 옷을 챙겨 입었다. 그는 비록 그녀와 섹스는 하지 않았지만 적지 않은 돈을 봉투에 넣었다. 그러고는 이름과 휴대폰 번호를 봉투 겉면에 남긴 채 쪽방 문을 열고 1층으로 내려갔다. 그는 업소 내부를 한번 휘둘러보고는 이내 문을 열고 밖으로 나갔다. 옅은 아침 햇살이 골목을 서서히 채우고 있었다.

소희가 눈을 떠 시계를 보니 어느덧 아침 9시가 다 된 시각이었다. 그녀는 옆자리에서 그가 놓고 간 하얀색 봉투를 발견하고 조심스럽게 열어보았다. 봉투 안에는 십만 원짜리 수표가 열 장으로, 총 백만 원이 들어 있었다. 그녀는 특별한 서비스도 없이 한두 시간 껴안고만 있다 갔는데 그가 왜 이렇게 많은 돈을 두고 갔는지 알 길이 없었다. 그녀는 봉투에서 그의 이름과 전화번호가 적힌 부분을 손으로 찢어 지갑에 고이 집어넣었다. 그녀는 그에게서 엷은 미소를 띠고 자신을 지그시 바라보던 지환이를 느꼈다.

그로부터 한 달이 지났다. 하루 종일 손님이 없어 주인 아줌마의 역정이 남달랐던 어느 날이었다. 자정 무렵, 그가 다시 소희를 찾아왔다. 그녀는 지난번처럼 맥주와 과일 안주를 챙겨 술상을 차린 후 그와 단둘이 술을 마시기 시작했다.

"지난번에 돈을 많이 두고 가셨던데, 왜 그러셨어요?"

소희는 그에게 조심스럽게 말을 건넸다.

"아, 그냥 그러고 싶어서 그런 거니 개의치 마세요."

그는 술도 그다지 많이 마시는 편이 아니었다.

"제 이름은 김효석입니다. 지난번에 봉투에 이름을 써 놓고 갔는데 혹시 기억하시나요?"

그는 맥주를 한 모금 들이켠 후 자신의 이름을 또박또박 말해주었다.

"물론 기억하죠."

"저는 군산에 있는 대기업의 산업단지에서 과장으로 근무하고 있어요."

"이 시간에 집에서 아내가 기다리고 있지 않나요?"

소희의 물음에 그는 잔을 금방 비우더니 말을 이었다.

"아내는 9년 전에 아이를 낳다가 하늘나라로 갔어요. 불행 중 다행으로 아이는 살았고요. 딸애는 지금 어머니가 키우고 있어요."

고향 뒷산 소나무 밑에 묻고 온 죽은 아기가 소희의 뇌리에 스쳐 지나갔다. 동시에 지환이의 얼굴과 지금 바로 앞에 있는 효석의 얼굴이 오버랩되어 그녀의 눈동자로 파고들었다.

그녀는 아픈 기억을 잊기 위해 화제를 돌렸다.

"오늘도 그냥 가실 건가요?"

"……."

그는 잠시 침묵을 지켰다.

멀리서 두 사람의 다정한 모습을 지켜보고 있던 주인아줌마의 입가에 흐뭇한 미소가 번졌다. 둘이 제법 어울리는 그림이라는 듯 사심 없이 부드러운 미소였다.

두 사람은 술자리를 마치고 지난번처럼 쪽방으로 함께 올라왔다. 그들은 방에 들어오자마자 옷을 훌훌 벗어 던지고는 격렬하게 포옹했다. 태어나서 이성을 처음 대하는 사람들처럼 그동안 내면에 감추고 있었던 욕망을 마음껏 표출하기 시작했다. 소희와 효석은 격한 감정의 기류를 느끼며 뜨거운 불꽃을 피워나갔다.

거친 폭풍이 한바탕 휘몰아치고 다시 잔잔한 파도만이 두 사람 사이를 오갔다. 소희는 가출한 이후 지금까지 10여 년간 여러 업소를 전전하며 수많은 남자들을 상대해왔지만 지금의 효석이 지환이 다음으로 겪는 진정한 두 번째 남자라고 확신했다. 효석은 지환이처럼 그녀의 몸에 각인되었다.

언제부턴가 효석의 발길이 뚝 끊겼다.

"뭔 일 있는가?"

주인아줌마가 오지랖 넓게 소희에게 효석의 안부를 물었다.

"글쎄요."

그녀 역시 효석의 근황이 몹시 궁금했으나 업소에서 여러 남자들을 상대로 성매매를 하는 처지에 번듯한 대기업에 다니는 그를 언감생심 찾아갈 수 있는 처지가 아니라고 생각했다. 그녀의 머릿속에서 첫사랑 지환이와 효석의 얼굴이 보름달처럼 가득 차버렸다.

"어떡하지……."

일이 손에 잡히지 않는 소희가 안절부절못하는 모습을

보이자 주인아줌마가 말을 건넸다.

"소희야! 내가 특별히 휴가를 줄 테니까 몸치하고 같이 나가서 그 손님 만나고 와!"

소희는 주인아줌마의 말에 눈이 휘둥그레졌다. 아가씨들은 몸치와 그 부하들의 철통같은 감시 속에 단체로 목욕탕을 가거나 미용실에 간 적 말고는 개인적인 외출을 허락받은 일이 없었기 때문이었다.

"아줌마, 내가 외출해서 그냥 도망가버리면 어떻게 하시려고요?"

그녀가 이렇게 묻자 주인아줌마는 호탕하게 웃으며 대답했다.

"니는 도망갈 배포도 없당께."

홀의 다른 아가씨들도 주인아줌마의 이 말을 듣고는 모두 한바탕 웃었다.

조금 있으니 거머리같이 징그러운 몸치가 문을 세게 열고 나타났다. 그는 툭 불거진 눈을 부라리며 우락부락한 얼굴로 소희 옆에 섰다. 소희는 급히 화장을 고치고 몸치와 함께 길을 나섰다. 비록 몸치가 옆에서 감시하고는 있지만 이렇게 개인적인 용무로 밖에 나가는 일이 몇 년 만인지 몰랐다.

그녀는 효석이 남기고 간 번호로 연락을 했다.

"지금은 고객님이 통화를 할 수 없으니 다음에 다시 걸어주시기 바랍니다."

소희는 효석의 번호로 몇 번이고 전화를 걸었다. 그러나 전화기에서는 자동응답 메시지만 계속해서 되풀이됐다.

"몸치야! 연락이 안 되는데 그 회사 한번 찾아가 보면 안 될까? 여기서 가깝다는데."

평소 과묵한 몸치는 알았다는 듯 급히 택시를 잡았다. 소희가 탄 택시는 효석이 근무한다는 회사로 곧장 내달렸다. 군산 시내의 활기찬 모습이 택시 창문을 통해 그녀의 눈으로 거침없이 쏟아져 들어왔다. 가족이나 연인들이 손에 손을 잡고 다정하게 길을 거니는 모습이 무척이나 부러웠다. 정말 다른 신세계였다.

30분 정도의 시간이 흐르고 택시는 효석이 알려준 회사의 정문에 도착했다. 그녀는 정문 가까이에 있는 경비실로 뛰어갔다. 그러고는 경비실 직원에게 효석을 만나러 왔다며 연락을 해달라고 부탁했다. 경비실 직원은 이리저리 전화를 걸기 시작했다.

"아, 그분, 한 달 전에 중국 지사로 파견을 나갔다고 하네요."

경비실 직원이 알려준 소식에 그녀는 다리가 풀썩 풀렸다. 잠시 정신을 가다듬은 소희는 경비원에게 화장실 위치를 물었다.

"저 건물 로비로 들어가시면 바로 오른쪽에 화장실이 있습니다."

그녀는 몸치에게 화장실에 간다고 말하고는 회사 건물 안으로 정신없이 들어갔다. 대기업이라 그런지 수많은 직원들이 로비를 번질나게 드나들었다. 화장실에서 용무를 마친 그녀는 깊은 고민에 빠졌다.

"지금 아니면 밖으로 도망갈 수 있는 기회가 없는데 어떡하지? 혹시 주인아줌마가 외출을 허락한 다른 뜻이 있는 건 아닐까?"

그녀는 시계를 보며 발을 동동 구르다가 이내 결심이 선 듯 심호흡을 내쉬었다. 마침내 화장실을 빠져나온 소희는 안내판을 따라 몸치가 기다리고 있는 정문이 아닌 후문 방향으로 바삐 걸음을 옮겼다. 그녀는 사방을 두리번거리며 후문을 황황히 빠져나왔다. 번잡한 사람들 속을 헤치고 간 그녀는 길가에 정차한 택시를 잡아탔다.

"기사님! 빨리 익산역으로 가주세요!"

그녀는 숨을 거칠게 몰아쉬며 다급히 말했다. 소희는

몸치의 관할 구역인 군산역을 피해서 기차를 타기 위해 조금 떨어진 익산역으로 방향을 잡았다. 택시 기사는 아무 말 없이 백미러로 그녀를 힐끗 보더니 부리나케 익산역으로 차를 몰았다. 택시가 굉음을 내며 전속력으로 달리자 긴장이 풀려 파김치가 된 소희의 몸은 좌석 밑 심연으로 빠져들어 갔다.

수소문

소희가 고향 집을 떠난 후 마을이 한때 발칵 뒤집혔다.

그해 여름 장마철에 그녀가 소나무 아래 묻어둔 아기의 시신이 홍수로 길 위까지 밀려와 모습을 드러냈기 때문이었다. 옆 동네에 사는 노인이 칡을 캐러 갔다가 길에서 영아 시신을 발견했다. 그가 발견하자마자 경찰에 신고하는 바람에 옆집 숟가락이 몇 개인지 다 알 정도로 좁디좁은 마을에 사는 여자들 전체가 일일이 경찰의 조사를 받는 등 곤욕을 치렀다.

소희가 바람처럼 고향을 떠나버리자 소희의 부모는 딸에게 무슨 일이 있었는지 본능적으로 알아차렸다. 그들은 벙어리 냉가슴 앓듯 아무에게도 말 못 하고 시름시름 앓아 누웠다.

"경찰에 실종 신고는 했지만 경찰만 믿고 마냥 기다릴 수는 없지 않겠어?"

소희의 아버지가 가족들에게 말을 꺼냈다.

"그러게 말이다."

옆에 앉아 있던 소희의 할머니가 눈시울을 붉히며 거들었다. 소희의 어머니는 아무 말도 못 하고 축축하게 젖은 눈가를 연신 소매로 눌렀다. 다른 가족들도 비록 말은 없었지만 다들 동조하는 분위기였다.

"지도를 가지고 이리 와봐라."

아버지가 소희의 큰오빠에게 지시하자 그는 책상 서랍을 뒤져 낡은 국내 지도를 꺼내왔다.

"자! 지도가 여기 있으니 동서남북으로 나눠서 소희가 갈 만한 데를 찾아보자꾸나."

아버지는 지도 여기저기에 동그라미를 크게 그렸다.

"시간 날 때마다 여기 표시한 곳들을 방문해서 소희를 찾아봐라."

소희를 뺀 나머지 오 남매는 아버지 말대로 그들의 고향에서 가장 가까운 강원도 도심의 유흥가부터 찾아보기로 했다.

2000년 12월 말, 강추위가 살을 에는 듯했다.

경찰에 실종 신고를 하고 가족들이 직접 소희를 찾기 시작한 지 어언 10년이란 세월이 흘렀다. 그 사이에 소희의 부모는 딸의 실종 때문에 그랬는지 차례로 화병으로 사망했다. 특히 아버지는 평생 광부로 일한 후유증으로 진폐증이 찾아왔는데, 의학적인 진단상으로는 그 병이 가장 큰 사망 원인이었다. 소희의 바로 밑 남동생은 가난과 부모의 사망을 비관한 나머지 스스로 목숨을 끊었다. 말 그대로 집안이 초상집 분위기였다.

남은 가족들은 아버지의 유언에 따라 생업을 제쳐두고 전국 웬만한 도시에 있는 유흥가란 유흥가는 모조리 찾아다니며 샅샅이 뒤지기 시작했다.

"이제 남은 도시가 군산뿐이네."

소희의 큰오빠가 혼잣말을 했다. 가족들은 아버지가 지도에 동그라미를 쳤던 도시들 중 아직 가지 않은 마지막 도시인 군산으로 향했다.

"이번에도 소희를 찾지 못하면 이제는 가슴에 영원히 묻기로 하자."

소희의 큰오빠는 동생들에게 당부했다.

형제들이 군산역에 도착했을 때는 이미 해가 지고 어둑어둑해진 뒤였다. 이들은 각자 소희의 사진이 크게 나온 전단지를 들고 역을 오가는 인파를 정신없이 헤치며 사람들에게 나눠주기 시작했다. 역 앞 광장은 기차에서 막 내려 몰려든 사람들로 정신이 없었다.

전단지를 나눠주기 시작한 지 한 시간쯤 지났다. 형제들은 허기가 몰려와 역 근처 식당으로 자리를 옮겼다. 식당 창밖으로 먹물 같은 어둠이 짙게 깔렸다. 그들은 식탁에 옹기종기 웅크린 채 메뉴판을 빤히 들여다봤다. 식사 시간을 절약하기 위해 모두 똑같이 콩나물국밥을 시키고는 음식이 나오자마자 후다닥 해치웠다.

"이제는 어디로 가서 전단지를 나눠줘야 하나?"

소희의 여동생이 감기에 걸렸는지 기침을 하며 말했다.

"군산에서 유명한 유흥가가 개복동에 있대. 거기부터 가보자."

소희의 큰오빠가 식사를 막 끝내고 물을 들이켜면서 말했다. 그는 두꺼운 코트의 안주머니에서 꾸깃꾸깃 구겨진 지도를 꺼내 잠시 들여다보더니 말을 꺼냈다.

소희의 형제들이 개복동에 나타난 시간은 저녁 8시쯤이

었다. 개복동 유흥업소를 차례로 지나가며 전단지를 나눠 주던 이들은 마침 소희가 일했던 바로 그 업소 앞을 지나가게 되었다. 업소 앞에는 여느 때와 같이 기철이가 서 있었다. 그는 털모자와 귀마개를 하고는 행인들의 소매를 잡고 업소로 끌어오려고 바동거렸다.

오늘은 몸치의 모습이 보이지 않았다. 몸치의 부하들 몇 명만이 골목 어귀에서 담배를 피우며 업소 아가씨들을 감시하느라 여념이 없었다. 소희가 도망간 후 몸치와 그 부하들의 행동 역시 매우 거칠어져서 긴장감이 팽배해 있던 터였다.

소희의 둘째 여동생이 업소 앞에서 기철에게 전단지를 건넸다.

"혹시 이런 사람 본 적 없나요?"

그녀는 시린 손을 모아 입으로 호호 불며 절박한 심정으로 기철에게 물었다. 기철은 전단지를 받는 게 귀찮아서 퉁명스럽게 대답하며 손사래를 쳤다.

"그래도 한 번만 이 사진 좀 봐주세요."

그녀는 기철에게 바싹 다가가 전단지에 인쇄된 사진을 보여주었다.

"어? 이 누나, 우리 업소에 있었는데?"

"네? 이 업소에 있었다구요?"

소희의 여동생이 큰 소리를 지르자 뿔뿔이 흩어져서 전단지를 나눠주던 다른 형제들이 모두 기철이 앞으로 허겁지겁 달려왔다.

"소희가 여기 있대?"

소희의 큰오빠가 눈을 휘둥그레 뜨며 기철에게 물었다.

"네, 이 누나, 바로 우리 업소에서 일했는데 외출을 나가서는 아직 돌아오지 않아 저희도 수소문하는 중이에요."

소희의 형제들에게 둥그렇게 둘러싸인 기철은 입에 침을 튀기며 말했다.

"참 좋은 누나였는데……."

기철은 결국 말을 잇지 못했다. 그 지옥 같은 환경에서도 손님들에게 받은 팁의 일부를 기철에게 쥐여 주던 소희였기 때문이다.

"혹시 어디로 갔는지 알아요?"

소희의 막내 남동생이 숨 가쁘게 물었다.

"저희도 누나의 행방을 몰라서 지금 찾고 있다고 말했잖아요!"

다소 짜증스러운 기철의 대답에 소희의 형제들은 맥이 풀렸다.

소희의 여동생은 눈이 아직 녹지 않은 차가운 땅바닥에 그냥 주저앉아 행인들의 시선도 아랑곳하지 않고 소리 내어 울기 시작했다. 골목을 지나가던 사람들이 하나둘씩 그들 앞으로 모여들었다.

"울기는 왜 울어, 소희가 살아 있다고 하잖아."

소희의 큰오빠가 동생을 다독였다.

"혹시 행방을 알게 되면 나한테 꼭 연락해주세요."

소희의 큰오빠는 연락처와 함께 십만 원을 기철의 손에 쥐여 준 후, 울먹이는 동생들을 부축한 채 업소 간판을 몇 번이나 쳐다봤다. 기철은 난감한 표정으로 조용히 그들을 지켜볼 수밖에 없었다.

형제들은 소희가 아직 살아 있다는 사실만을 확인한 채, 10여 년에 걸친 수소문으로 지친 발걸음을 되돌려야만 했다. 그들의 뒷모습은 살을 에는 강추위에 지친 기색이 역력했다.

기철은 소희의 가족들이 되돌아가는 모습을 멀찌감치 바라보다가 업소 문을 열고 뛰어 들어갔다.

"아줌마, 아줌마!"

기철은 숨을 크게 내쉰 후 소리쳤다.

"왜 이리 호들갑이야?"

주인아줌마는 방에서 밥을 먹다 말고 문을 열어 기철을 뚫어지게 쳐다봤다.

"좀 전에 소희 누나 가족들이 소희 누나를 찾는다며 전단지를 들고 여기에 왔었어요."

"뭐시라?"

주인아줌마는 물론 업소 안에 있던 모든 아가씨들이 눈을 동그랗게 뜬 채 기철의 입을 주시했다.

"소희 누나가 가출한 후 10년 가까이 가족들이 누나를 찾아 전국의 업소란 업소는 모두 돌아다니며 애타게 찾았대요."

"그렇다면 소희 이것이 지난번에 도망가서도 고향 집에는 아직 가지 않았다는 얘기네?"

주인아줌마는 아가씨들의 눈치를 조심스럽게 살핀 후 가슴을 쓸어내리면서 대답했다. 소희의 가족을 직접 대면했더라면 그들에게 멱살을 잡히고 초주검이 되도록 몰매를 맞을 수도 있다는 생각을 늘 해왔던 그녀는 오늘따라 더 몸서리가 쳐졌다.

"그러게요, 그러니까 가족들이 저렇게 소희 누나를 찾아다니고 있겠죠."

"미친년, 어느 하늘 아래서도 죽지나 않았으면. 개똥밭에 굴러도 저승보다는 이승이 낫지."

주인아줌마는 소희의 몸값이 아직 정산되지 않았다는 분노와 동시에 이 바닥에서 오랫동안 굴러온 같은 여자로서 애증과도 같은 묘한 감정을 느꼈다.

"도대체 이년은 어디 가 있는 거야?"

주인아줌마는 화풀이하듯 애꿎은 아가씨들을 쳐다보며 소리를 질렀다. 행여 도망갈 생각은 꿈에도 하지 말라는 경고의 표시이기도 했다. 이때 문이 열리면서 몸치가 업소 안으로 들어섰다. 아마도 기철이나 그의 부하들에게서 직접 소희에 대한 소식을 접한 모양이었다.

"이 쌍년, 잡히기만 해봐라. 내 손에 다리몽둥이 부러질 줄 알아."

몸치는 소희가 도망갔을 때, 그녀와 같이 있었으면서도 그것을 막지 못해 주인아줌마에게 지금까지 갖은 쌍욕을 들어왔기 때문에 더욱 화가 치밀어 오르는 것 같았다.

"그년을 찾고는 있는가?"

주인아줌마가 몸치에게 다시 소희의 행방을 다그치며 불퉁거렸다.

"나도 전국의 아는 동생들 다 풀어서 그년을 수소문하고 있으니께, 조금만 더 기다리시라고."

몸치는 이렇게 단단히 말을 뱉은 후 들어올 때와 마찬가지로 문을 쾅 닫고 나가버렸다. 업소 안은 주인아줌마와 아가씨들을 포함해 열다섯 명 정도가 있었지만 한겨울의 냉랭한 기운이 휩쓸고 지나간 듯 춥기만 했다.

아가씨 하나가 화제를 바꾸며 말을 꺼냈다.

“몇 년 전에 내가 곱게 키우던 강아지를 다른 집에 줘버렸어.”

“왜? 귀엽다고 키울 때는 언제고?”

옆에 있던 다른 아가씨가 나지막한 목소리로 물었다.

“잘 때마다 이 녀석을 껴안고 잤는데, 어느 날인가 내 엉덩이에 거시기를 마구 비벼대지 뭐야.”

“수컷이었구나.”

“응.”

“그래서?”

“그 순간 나도 모르게 이 녀석을 발로 뻥 차버리고는 다음 날부터 쳐다도 안 봤지. 그러다가 개를 키우고 싶어 하던 다른 집에 넘긴 거야.”

“저런.”

키우던 개 이야기를 하는 아가씨는 지금 그녀 옆에 착 달라붙어 있는 또 다른 아가씨를 종종 자기 방으로 데리고

가 부둥켜안고 욕정을 불사르곤 하는 동성애자였다.

"남자가 싫으면 마음 맞는 여자와 사랑을 나눠야지."

이 아가씨는 평소에 이렇게 말했다.

"남자들은 욕구를 풀 데가 얼마나 많아?"

건너편에 앉아 있던 아가씨가 맞장구를 쳤다.

"그러게 말이야. 모두가 그런 건 아니지만 사창가를 비롯해 안마시술소, 심지어 이발소까지……."

다시 옆에 있던 아가씨가 릴레이 게임을 하듯 말을 받았다.

"여자들도 호빠 가서 풀곤 하잖아?"

처음에 말을 꺼냈던 아가씨가 되물었다.

"여자들은 사람 아니야? 사람마다 다르겠지만 욕구를 풀고 사는 건 다 똑같지 뭐."

"노래 가사처럼 정말 세상은 요지경이야, 호호호."

아가씨들이 농익은 대화를 이어가는 동안 벌겋게 달아오른 난로 위에 놓아둔 주전자의 뚜껑이 불규칙적으로 달그락거렸다. 물이 팔팔 끓고 있었다. 경기가 안 좋은지 한겨울이면 들리던 크리스마스 캐럴도 이 골목에서 사라진 지 오래였다. 1층 홀의 TV에서는 뉴욕의 타임스퀘어, 시드니의 하버브리지 등 세계 각국에서 펼쳐지는 웅장하고 화려한 불꽃놀이가 생중계되고 있었다.

"와, 멋있네."

한 아가씨가 입을 열었다.

"저기는 언제 가볼까?"

옆에 앉아 있던 아가씨가 말했다.

"해외는커녕 국내 여행도 제대로 못 해봤는데."

"여행은 고사하고 고향에라도 떳떳하게 내려가 봤으면."

아가씨들이 차례로 말을 이었다.

"그러게 말이야. 이렇게 사는 년이 무슨 낯짝으로 고향에 가서 부모님을 뵐 수 있겠니?"

그녀의 눈가에 살짝 이슬이 맺혔다.

"난 바로 건너편에 있는 교회라도 가봤으면 좋겠다."

"꿈 깨, 이것아! 아줌마가 교회에 보내줄 리도 만무하지만 도대체 교회 가서 뭐 할 건데?"

"어릴 적 교회 종소리가 아직도 마음에 아련하게 남아서?"

"정신 차려! 교회에 가면 밥이 나와, 떡이 나와?"

"야! 너는 요새 뉴스도 안 보냐? 여신도에게 성범죄를 저질러서 감방에 간 목사 얘기도 나왔잖아."

"여신도들이 다 자기 건 줄 아나 봐."

"신부나 목사나 중이나 다들 똑같지 뭐."

"여기서 나도 가끔 그 사람들하고 몇 번이나 그걸 했는데, 말 다 했지."

"몇몇은 얼굴까지 똑똑히 기억해."

"일요일에 교회 신도들이 가죽으로 된 성경책을 한 팔에 끼고 여기를 경멸스럽게 쳐다보는 걸 보면 정말 구역질이 왝 하고 나와."

"나도 그래."

아가씨들 몇 명이 이구동성으로 맞장구를 쳤다.

"남자들은 욕구를 푸는 데 직업이 따로 없어. 시간과 장소도 안 가리고."

"호호호."

"하하하."

"꽃뱀하고 창녀하고 같은 점이 뭔지 알아?"

다른 아가씨가 눈을 반짝이며 물었다.

"남자랑 섹스하는 대가로 돈을 받는 거 아니야?"

뒤에 서 있던 아가씨가 바로 대답했다.

"비슷하긴 한데, 꽃뱀은 능청스럽게 돈을 뜯어간다고 표현하는 게 더 맞지 않나?"

"아!"

"너도 꽃뱀이나 되지 그랬어? 혹시 알아, 인생이 바뀔지?"

"야, 이년아, 여기 있는 애들은 겉보기와 다르게 모두 성격이 모질지 못해서 꽃뱀은 절대 될 수 없다는 거 잘 알잖아."

"맞아, 그러니까 이 바닥에서 이렇게 몸을 팔고 있는지도 모르지."

한 아가씨가 잠시 무언가를 생각하더니 담배 연기를 훅 하고 길게 내뿜었다.

"너는 남자친구 있어?"

"남자친구가 뭐야? 기둥서방이지."

"아무런 감정 없이 방패막이로 이용하는 남자?"

"호호호."

"그러게, 남자 잘 만나서 인생이 바뀐 여자들도 좀 있지."

"아! 내 인생에는 언제쯤 봄날이 올까?"

"꿈 깨!"

"그냥 해본 소리야."

"그건 그렇고, 여기 오래 있다가는 몸뚱어리가 남아나

지 않을 것 같아 걱정이야…….”

열띤 대화가 갑자기 끊어졌고 다시 침묵이 홀 안을 가득 채웠다. 시간이 조금 흐르자 골목은 현란한 네온사인과 발랑발랑하게 몸을 흔들며 손님들을 유혹하는 업소 아가씨들의 요염한 자태가 만들어내는 아찔한 풍경으로 복닥거리면서 다시 원래의 활기를 되찾았다.

탈출

“아가씨! 이봐요, 정신 차려요!”

택시가 익산역에 도착하자 기사가 소희를 흔들어 깨웠다. 소희는 택시 뒷좌석에서 겨우 눈을 뜨고는 창문을 통해 밖을 내다보았다. 택시 요금을 지불하고 난 그녀는 이제부터 어떻게 해야 하나 한참을 망설였다. 몸치의 감시를 피해 택시를 잡아타고 일단 익산역으로 오긴 왔지만 그다음부터는 아무런 계획이 없었다. 머릿속이 새하얬다.

‘강원도 고향 집으로 갈까?

아냐, 몸치 일행이 집으로 쳐들어올 게 뻔한데.

서울로 올라갈까?

서울에는 아무 연고도 없는데 어쩌지? 부산은?'

그녀는 역 대합실에서 열차 시간표를 보며 몇 번이나 자신에게 되물었다. 몸치 일행의 눈길을 피하려면 군산에서 되도록 멀리 떨어진 곳으로 가야 했다.

소희는 마침내 결론을 낸 듯 일단 서울역으로 가는 기차표를 사서 손에 꼭 쥐었다. 입안이 바싹 메말라 침을 삼키기도 어려웠다. 몹시 허기진 그녀는 일단 대합실 근처에 있는 식당으로 들어갔다. 아주 오랜만에 홀가분한 마음으로 우동 한 그릇을 시킨 소희는 국물까지 후루룩 들이켜며 그릇을 깨끗하게 비웠다. 그러고는 열차 출발 시각에 맞춰 서울역으로 가는 기차에 올랐다. 열차에 오른 소희는 그동안의 피로가 누적된 탓인지 다시 곤한 잠에 빠져들었다.

얼마나 시간이 흘렀을까.

그녀는 잠에서 깨 기지개를 켜며 창밖을 내다보았다. 어느덧 기차는 서울 시내로 진입하고 있었다. 깨끗하고 정돈된 대도시로 오니 마치 엄마 품에 안기는 것처럼 포근한 기분이 들었다. 서울은 역동적이고 번잡한 느낌을 동시에 들이마시기에 확실한 곳이었다. 하지만 그녀는 너무 오랜만에 수많은 인파와 한꺼번에 마주치다 보니 어리뻥뻥할 따름이었다.

분주히 움직이는 승객들과 활기차게 웃고 떠드는 소리, 부모 손을 잡고 폴짝거리는 아이들의 즐거운 비명이 들렸다. 로비 한구석에 알록달록한 등산복 차림으로 서성이는 중년 남성들도 눈에 띄었다.

소희는 그 모습이 너무 부러워 한참 동안 눈길을 뗄 수 없었다. 이내 그녀는 두 눈을 흡떴다. 춘천역으로 가기 위해 다시 기차표를 끊고 승강장 방향으로 발길을 돌렸다. 고향과 어느 정도 가까운 춘천이라면 언제라도 집으로 갈 수 있을 거라는 생각이 들었던 것이다.

그녀는 에스컬레이터를 타고 승강장으로 내려가 그곳에 서 있었다. 한참 동안 멍하니 생각에 잠긴 소희는 그동안의 일들을 되짚고 또 더듬어보았다. 가출한 후 십여 년이라는 시간 동안 전국의 여러 티켓다방과 유흥업소들을 거치며 지옥 같은 생활을 했던 소희였다. 그 생지옥을 벗어나 지금은 자유를 만끽하고 있다는 생각도 잠시, 그녀는 자기도 모르게 다리에 맥이 확 풀리면서 차가운 승강장 바닥에 털썩 쓰러졌다.

"아가씨! 아가씨!"

그녀의 옆에 있던 남성이 소리쳤다.

"아줌마! 이 아가씨 좀 흔들어봐요!"

"아가씨! 정신 차려요!"

사람들이 소희가 쓰러진 곳으로 우르르 몰리면서 승강장은 순식간에 아수라장으로 변했다. 역무원이 연락을 받고 급히 달려와 소희가 숨을 쉬는지 확인했다. 한참 만에야 그녀는 눈을 가늘게 뜨다가 도로 감으면서 폐부 깊숙한 곳에서부터 깊은 숨을 토해냈다. 역무원은 안도했고, 무전기로 119 구급대를 불렀다.

"여기는 서울역, 응급 환자 한 명이 발생했습니다."

그의 목소리가 무전기에서 나오는 지직거리는 신호음과 함께 승강장에 쩌렁쩌렁 울렸다.

몇 분이 지나자 119 구급대원들이 승강장에 나타났다. 그들은 익숙한 솜씨로 그녀를 들것에 옮긴 다음 밖으로 실어 날랐다. 역 밖에서 대기하던 구급차는 그녀를 싣자마자 요란한 사이렌을 울리며 인근에 있는 대형 병원으로 급하게 출발했다.

오가는 사람들로 북적이는 병원 응급실에 도착한 구급대원들은 그녀를 신속히 침대 위로 옮겨 눕혔다. 병원 특유의 알코올 냄새가 그녀의 코에 가장 먼저 와 닿았다. 응급실 담당 의사와 간호사가 급히 달려와 그녀의 혈압과 몸 상태를 체크했다. 그 후 그녀를 엑스레이실로 옮겨 몸 이곳저곳을 사진 찍었다.

곧이어 담당 간호사가 그녀에게 다가왔다. 간호사는 몇 번의 시도 끝에 뾰족한 주사 바늘을 그녀의 가냘픈 팔에 무사히 꽂을 수 있었다. 소희는 희미하게 의식을 되찾았지만 아직 완전히 정신을 차리기는 힘들었다. 눈을 뜨는 일조차 힘겨웠다. 걱정스러운 표정의 의사와 간호사들 몇 명이 수시로 그녀의 침대 주위를 오갔다.

그로부터 사흘이 지난 후 소희는 겨우 눈을 뜨고 침대에 혼자 앉을 수 있게 되었다. 몸에서 기운이 완전히 빠져나간 듯 여전히 탈진 상태였다. 다소 깐깐해 보이는 간호사가 그녀의 상태를 확인한 후 안도의 한숨을 내쉬며 말했다.

"김소희 씨, 이제 일어나셨네요."

소희는 입술이 바싹 타들어갔다. 얼굴이 부석부석하고 창백한 그녀는 아무 말도 하지 못하고 그저 눈만 끔벅거렸다.

"조금 있으면 담당 선생님이 오셔서 여러 가지 말씀을 해주실 겁니다. 그런데 보호자 분 안 계세요?"

발그족족한 얼굴의 간호사가 보호자라는 단어를 꺼내자 소희는 부모님 얼굴을 제일 먼저 떠올렸다. 곧이어 업소 주인아줌마의 얼굴까지 생각나자 그녀는 대답 대신 고개를 가로저었다. 무엇을 의미하는지 알 수 없는 눈물 한 줄기가 소희의 뺨을 타고 흘러내렸다. 잠시 무거운 침묵이 흘렀다. 이때 병실 문이 열리며 담당 의사가 차트를 들고 들어왔다.

"김소희 씨, 지금은 어떠세요?"

의사는 편안한 어조로 물었다. 소희는 눈만 깜빡거렸다. 간호사는 의사가 소희와 말을 나누는 동안 조용히 병실을 빠져나와 병원과 연결된 종교 단체에 연락을 취했다.

"혹시 수녀님, 오늘 저희 병원에 방문하시나요?"

간호사는 평소의 웃음기를 거두고 심각한 표정으로 물었다.

"여성 환자 한 명이 입원했는데 보호자가 없다고 해서요."

간호사가 한참 설명하고 전화를 끊은 지 2시간 정도가 흘렀다. 두꺼운 안경을 쓴 수녀가 간호사와 함께 병실을 찾았다.

"안녕하세요, 자매님!"

소희는 눈을 크게 뜬 채 수녀와 간호사를 번갈아 쳐다보았다. 수녀는 자신이 소희의 임시 보호자가 되어줄 거라고 말했다.

"제가 어디 많이 아픈가요?"

사흘 만에 처음으로 병원에서 나오는 죽으로 요기를 한 소희는 아직도 기운을 차리지 못했는지 흐린 목소리로 간호사에게 떠듬떠듬 물었다. 그녀가 대형 병원에서 건강검진을 제대로 받은 것은 이번이 처음이었다.

"출산 후 뒤처리가 잘못되어 자궁 상태가 아주 안 좋아요. 염증도 심한 데다 자궁에 근종이 꽉 들어차 있는 상태입니다. 여기서 더 악화되면 나중에 자궁을 들어낼 수도 있습니다."

의사는 수녀와 소희를 번갈아 보면서 말을 이었다.

"그리고 성병인 임질도 발견되었고, 위궤양에 폐렴 증상도 보입니다."

의사는 소희에게 낮은 목소리로 조심스럽게 설명해주었다. 옆에 서 있던 수녀가 조용히 눈을 감고 묵주기도를 하고 있는 모습을 보자 소희는 갑자기 서러워져서 눈물을 펑펑 쏟았다. 그녀는 태어나서 지금까지 자신의 인생을 돌아보았다.

강원도 두메산골의 가난한 광부의 자식으로 태어나 변변한 교육도 제대로 받지 못했다. 고등학생의 몸으로 첫사랑 지환이와의 사이에서 생긴 아이를 사산한 후 자포자기 상태로 가출을 했다. 그리고 우연찮게 조폭들의 꾐에 빠져 10여 년간 유흥업소에서 지옥 같은 성매매 생활을 했다. 그리고 오늘, 그 결과는 너무나 참담했다.

한참 동안 납덩이같이 묵직한 정적이 병실을 감싸고돌았다.

"이렇게 사느니 그냥 죽는 게 나을지도 몰라요."

그녀는 남자들에게 몸을 팔다가 썩어 문드러져 가고 있는 자신의 모습이 너무 비참했다. 삶과 죽음이라는 단어가 교차하면서 그녀의 머릿속을 온통 뒤흔들었다.

"치료비는 어떡하죠?"

소희는 덜컥 치료비 걱정이 앞서 간신히 입을 떼 물었다.

"원무과와 협의 중이에요. 일단은 모든 것을 내려놓고 마음 편히 치료에만 전념하세요."

수녀는 안쓰러운 표정을 지으며 온화하게 대답하려고 노력했다.

"또 들를게요."

수녀는 소희의 창백한 얼굴과 핏기 없이 바싹 말라버린 입술 그리고 어린애 주먹만큼 쑥 들어간 거무스레한 눈가를 자세히 살펴본 후 간호사와 함께 병실을 나섰다. 병실 문이 서서히 닫히면서 수녀와 간호사의 대화 중 '보건증'

이라는 단어가 소희의 귀에 얼핏 들렸다. 가만히 생각해보니 응급실에 입원한 지 얼마 안 되었을 때 간호사가 그녀의 신분증을 요구했던 기억이 떠올랐다. 소희는 주민등록증 대신에 지갑 한구석에 처박아두었던 보건증을 건네주었다. 유흥업소에서 일하게 되면 형식적으로나마 보건소에서 발급한 보건증을 소지해야 했는데, 모든 정황을 보건대 병원 측에서는 그녀가 성매매 여성이었다는 사실을 이미 파악한 것 같았다. 소희는 거칠고 힘들었던 자신의 과거가 무참히 발가벗겨진 느낌을 받았다.

다음 날 오후였다. 정밀 검사를 대기하고 있던 소희는 바로 옆 침대에 누워 있는 환자가 숙면에 들어간 것을 확인한 후, 팔 위에 거추장스럽게 꽂혀 있던 링거 바늘을 뽑았다. 팔이 따끔거리더니 이내 화끈한 기운이 들기 시작했다. 의료진과 보호자들의 왕래가 가장 적은 시간이었다. 그녀는 남들 눈에 띄지 않게 조용히 사물함을 열어 옷을 갈아입고는 병실 문을 나섰다.

'어차피 진료비를 낼 수 없으니 내 발로 스스로 나가면 병원 측에서도 부담이 덜할 거야.'

소희가 병실 복도로 나오니 마침 간호사들이 저 멀리 구석진 곳에 모여서 수다를 떨고 있었다. 복도를 통과하자 그동안 느끼지 못했던 병원 특유의 알코올 냄새가 그녀의 코를 확 찔렀다. 그녀는 연분홍색 환자복을 입고 주렁주렁 줄이 매달린 링거를 팔뚝에 꽂은 환자들과 마주쳤지만 아무 일도 없다는 듯 태연하게 복도를 나와 병원 후문 쪽으로 걸어갔다. 마치 도둑질이라도 하다 들킨 사람처럼 가슴이 쿵쾅거렸다. 그녀는 주변을 경계하며 후문을 무사히 빠져나왔다. 그러곤 지나가던 택시를 급히 세운 후 부리나케 올라탔다.

"아저씨, 빨리 서울역으로 가주세요."

택시는 급히 달려 서울역 광장에 도착했다. 그곳은 여느 때처럼 승객들로 인산인해를 이루고 있었다. 소희는 지갑을 열어 십만 원권 수표 열 장이 고스란히 남아 있는 것을 확인했다. 한때나마 풋풋한 사랑을 느꼈던 효석이 두고 간 돈이었다.

'이 정도 돈이면 고시원 생활을 하더라도 두어 달은 충분히 버틸 수 있어. 그 사이에 허드렛일을 하게 되면 그런대로 생활비도 벌 수 있고 업소 생활보다는 훨씬 나을 거야.'

소희는 길거리를 무작정 배회하다가 역 주변의 허름한 건물에 위치한 고시원을 발견했다. 고시원은 3층에 있었다. 그녀는 고시원 주인에게 한 달 치 고시원비인 삼십만 원을 냈다. 그녀의 방은 누우면 발이 벽에 닿을 정도로 좁았다. 오롯이 그녀만의 공간에서 소희는 정말 오랜만에 누구의 방해도 받지 않고 평온하게 잠을 청했다.

“자고 일어나면 직업소개소라도 가봐야지.”

소희는 이렇게 혼잣말을 하고는 자기도 모르게 스르르 잠에 빠져들었다. 그녀가 깨어난 시간은 다음 날 늦은 오후가 되어서였다.

“도대체 몇 시간이나 잔 거야?”

그녀는 구시렁거리면서 자리에서 일어나려고 몸을 움직였다. 그러나 몸이 천근만근 심연으로 쑥 빠지는 것 같은 무기력감에 한동안 멍하니 앉아 있을 수밖에 없었다. 어느 정도 기운을 차린 그녀는 주섬주섬 옷을 챙겨 입었다. 그녀는 허기를 달래기 위해 고시원 근처에 있는 간이식당을 찾았다. 그러고는 우동 한 그릇과 김밥 한 줄을 시켜 눈 깜짝할 사이에 그릇을 싹싹 비웠다.

그녀는 식사 후 파우더를 꺼내 거울을 보면서 볼을 가볍게 도닥거렸다.

“그동안 얼굴이 더 푸석푸석해지고 피부도 안 좋아졌네.”

그녀는 바닥이 꺼지도록 깊은 한숨을 내쉬었다. 그녀의 조그만 손가방에는 소지품이라고 해봤자 샘플용 화장품 몇 개와 손거울 그리고 빛바랜 가족사진이 전부였다.

식당을 나와 사방을 휘둘러보니 바로 길 건너편에 직업소개소 간판이 걸려 있었다. 그녀는 걸음을 재촉해서 계단을 올라갔다. 그 후 문을 살며시 열고 안으로 들어갔다.

"저, 여기가 직업소개소인가요?"

소희는 조심스럽게 말을 꺼냈다.

수염이 텁수룩하고 건장한 체격을 한 사십 대 후반의 사장이 소희의 몸을 머리부터 발끝까지 한번 쓱 훑었다.

"아가씨는 어떤 일을 할 수 있어요?"

사장은 약간 거만하게 단도직입적으로 물었다.

"아무 일이나 닥치는 대로 다 할 수 있어요."

소희는 찬밥 더운밥 가릴 처지가 아니라고 생각했다. 사장은 얼굴에 의미심장한 미소를 띠더니 어디론가 전화를 걸었다.

"어이, 이 사장, 오랜만이오. 지금 여기에 에이스 하나가 일자리를 구하러 왔는데 거기 자리 있죠?"

통화 내용으로 판단하건대 상대는 유흥업소 사장인 듯했다. 소희는 통화가 채 끝나기도 전에 문을 박차고 뛰어

나갔다.

"어이, 아가씨! 그냥 가면 어떡해?"

사장이 통화를 하다 말고 소희를 히뜩 쳐다보며 소리쳤다.

소희는 계단을 통통거리며 내려왔다.

"그 지긋지긋한 곳으로 다시 돌아가려고 여기 온 게 아닌데."

소희는 혼자서 중얼중얼 말했다. 갑자기 허망하고 모든 게 막막해졌다. 그녀는 서울역에서 조금 떨어진 남대문시장 방향으로 발길을 돌렸다. 길거리에 좌판을 깔아놓고 각종 나물을 일일이 손질해서 파는 노파의 구부정한 허리가 눈에 들어왔다.

'우리 할머니도 올해 저 연세쯤 됐겠지? 이렇게 살려고 무작정 집을 뛰쳐나왔나?'

갑자기 집과 가족들 생각이 나면서 눈물이 앞을 가렸다.

하루하루 겨우 이어 붙이고 있는 그녀의 삶과도 같은 황혼이 드리워졌다. 남산타워의 울긋불긋한 조명이 서서히 빛을 발하기 시작했다.

해외

소희는 일자리를 찾기 위해 남대문시장 이곳저곳을 발이 부르트도록 분주하게 돌아다녔다. 그녀는 상가 복도 끝에 있는 화장실에 들렀다. 일을 마친 후 화장실 문을 열고 나오던 그녀는 벽에 붙어 있는 스티커에 시선이 확 꽂혔다. 스티커는 명함 크기만 했다.

해외 근무

왕복 항공권, 숙식 제공

월 500만 원 이상 보장

20~30대 여성 대환영

그녀는 스티커를 보자마자 앞뒤 잴 겨를도 없이 거기에 있는 번호로 급히 전화를 걸었다.

"아, 스티커 보고 전화하셨나요?"

한 여성이 어리게 들리는 목소리로 친절하게 전화를 받았다.

"구체적으로 어떤 일을 하는 건가요?"

소희는 신중하게 물었다.

"일단 내일 이곳으로 직접 오시면 자세히 안내해드리겠습니다."

그녀는 소희에게 사무실 위치를 상세히 설명해주었다. 소희는 면접을 볼 수 있다는 생각만으로도 뛸 듯이 기뻤다.

다음 날 아침, 소희는 이태원 소방서 건너편에 있는 사무실을 찾아갔다. 사무실은 10층 건물의 2층에 자리했고 출입문에는 기획사 간판이 걸려 있었다. 그녀가 문을 열고 들어가자 인테리어가 잘된 넓은 사무실이 한눈에 들어왔다. 사장실은 오른편에 있었고 삼십 대로 보이는 남성이 사장이었다. 그는 회전의자에 앉아 있었고, 서너 명의 여직원들이 자리에 앉아 분주히 일하고 있었다.

"어제 전화하신 분이죠?"

소희와 통화했던 여성이 그녀를 사장실로 안내했다.

"안녕하세요?"

"어서 오세요. 여기 앉으세요, 어떤 음료를 드릴까요? 커피? 녹차?"

"아, 괜찮습니다."

"그러면 하실 일에 대해 단도직입적으로 말씀드릴게요."

사장은 소희가 자리에 앉자마자 일에 대해 설명하기 시작했다.

"이번 모집은 호주 시드니에 있는 한인 업소에서 관광객들을 상대로 영업하는 아주 단순한 일입니다. 스티커에 적혀 있는 대로 해외에서 근무하기 때문에 왕복 항공권, 숙소 등을 무료로 제공합니다. 그뿐만 아니라 무려 월 500만원 이상 보장해드려요."

사장의 목소리에는 힘이 있었다. 그녀는 호기심 반 경계심 반으로 얘기를 들으며 물끄러미 그를 쳐다보았다.

소희는 면접을 보러오면서 이미 이번 일 역시 유흥업소 일일 거라는 막연한 예상을 했다. 어느덧 이 바닥에서 10년을 지냈기에 쉽게 눈치챌 수 있었다. 하지만 아무리 생각해봐도 지금 자신의 처지를 고려하면 다른 선택의 여지가 전혀 없었다. 그녀는 태어나서 한 번도 나가보지 못한 해외로 보내준다는 말에 솔깃했다. 그저 한국을 떠나 멀리 도망치고 싶을 뿐이었다.

“그러면 이제부터 제가 어떻게 하면 되나요?”

소희는 나지막한 목소리로 사장에게 물었다.

“주민등록증만 있으면 됩니다.”

사장은 소희를 빤히 쳐다보며 말했다.

주민등록이 말소된 지가 언제인지 모를 정도로 꽤 오래됐다는 생각에 이르자 소희는 잠시 멈칫거릴 수밖에 없었다.

“저, 주민등록이 말소됐는데요.”

당황한 소희는 모깃소리처럼 기어들어 가는 가느다란 목소리로 대답했다.

“그러세요? 전혀 걱정하지 마시고 일단 여기에 이름이랑 생년월일을 적으세요. 여권용 증명사진은 저기에서 저희 여직원이 직접 찍어드릴 겁니다.”

사장이 손으로 가리킨 사무실 한 구석에는 사진관 스튜디오처럼 사진을 찍을 수 있는 공간이 있었다. 그곳에 플래시를 비롯한 촬영 장비가 아담하게 설치되어 있었다.

“아, 그리고 그전에 이 계약서에 서명부터 해야 일이 진행되니까 마음이 있으시면 이곳에 서명 부탁드립니다.”

소희는 사장이 건네준 계약서를 읽는 둥 마는 둥 하고는 바로 서명을 했다. 그러고는 그가 일러준 대로 사무실 구석에 있는 스튜디오에서 증명사진을 찍었다. 소희는 다시 사장실로 들어와 자리에 앉았다.

"장기간 해외로 나가 있을 거니까 주변 정리 좀 하시고, 정확히 일주일 후 이곳에 다시 오시면 됩니다. 아침 9시까지 오세요."

"다른 준비할 거는 없나요?"

"전혀 없고요, 개인 소지품만 챙겨오세요."

사무실을 나선 소희는 결과가 어떻게 되든 난생처음으로 해외에 나간다는 생각에 마음이 복잡해졌다. 오갈 데 없는 그녀는 더 잃을 것도 없다는 생각에 마음속으로 쾌재를 부르기까지 했다. 구두 발자국 소리가 오늘따라 경쾌하게 들렸다.

일주일 후 소희는 사무실을 다시 찾았다. 문을 열고 들어가니 사무실에는 이미 젊은 여성 네 명이 말끔한 정장 차림으로 소파에 앉아 있었다.

"오늘 저녁 비행기로 호주 시드니까지 함께 갈 동료들이니 서로 인사들 하세요."

검은 정장을 말쑥하게 차려입은 사장이 소희를 포함한

다섯 명의 여성들을 소개했다. 모두 이십 대 초반에서 후반이었고 소희와 같은 삼십 대는 없었다.

"김소희예요. 만나서 반갑습니다. 잘 부탁드려요."

소희는 다른 여성들에게 차분하게 인사했다.

사장은 여성들에게 여권과 함께 약간의 여비가 든 하얀 봉투를 나눠주었다. 그러고는 여행 중 지켜야 할 사항들을 신신당부했다.

소희는 무엇보다도 여권 사진이 어떻게 나왔을지가 가장 궁금하여 여권을 빠르게 펼쳐봤다. 태어나서 처음 받은 여권이기 때문에 그 의미가 남달랐다. 그녀는 여권에 붙어있는 자기 사진이 꽤나 신기하여 한참이나 그것을 뚫어지게 응시했다. 사진 속 그녀는 마치 하얀 성에가 잔뜩 낀 자신의 마음속을 대변하는 듯 쓴웃음을 띠며 어색한 모습을 하고 있었다.

사장을 포함해서 다 함께 점심식사를 했다. 늦은 오후가 되자 사무실이 있는 건물 앞에 검은 승합차 한 대가 멈춰 섰다.

"자! 이제 모두 떠날 시간입니다."

"잘들 해봅시다! 화이팅!"

다섯 명의 여성들이 승합차에 오르고 난 후 마지막으로

차에 탄 사장은 주먹을 불끈 쥐고 큰 목소리로 화이팅을 외쳤다. 소희는 자기 여권이 어떤 경로로 만들어졌는지 매우 궁금하여 사장에게 물어보고 싶었으나 기회가 도통 생기지 않아 질문을 나중으로 미뤘다.

그녀는 인천공항으로 쏜살같이 달리는 승합차 안에서 창밖을 무심히 내다봤다. 따사로운 햇살과 함께 자꾸만 뒤로 밀려가는 한강변 풍경이 엽서 속 그림처럼 그녀에게 다가왔다. 그동안 심한 긴장 속에서 살아온 그녀는 뒷좌석에 자석처럼 철썩 몸을 붙이자마자, 덜컹거리는 차의 진동을 자장가 삼아 깊은 잠에 빠져들었다.

소희는 아직 마음의 준비가 전혀 되지 않은 상태였다. 그런데 벌써 호주라는 또 다른 도전이 기다리고 있는 것에 대해 약간의 거부반응마저 일었다. 그녀는 비행기 안에서 호주 여행 관련 책자를 읽으며 장거리 여행이 몰고 오는 지루함을 조금이라도 해소하려고 노력했다.

소희는 지난번에 업소에서 TV로 시청했던 2000년 시드니올림픽의 무대이자 말로만 듣던 호주 시드니에 직접 온 것이 믿기지 않았다. 하지만 비행기 창문으로 보이는 이국적인 풍광을 통해 이내 실감하기 시작했다. 한국은 아직도 하얀 눈이 내리는 한겨울이었다. 소희는 한국과는 정반대의 계절인 시드니에서 남반구의 작열하는 태양을 온몸으로 받아들이고 있는 현실이 아직도 신기했다.

소희는 일행과 함께 눈부신 태양이 가득한 공항 터미널 밖으로 빠져나왔다. 한여름이 아직 반도 지나지 않았는데 호주의 1월 초 기온은 아침부터 섭씨 20도 이상을 오르내리고 있었다. 소희의 눈앞으로 풍경과 사람들이 너무도 여유롭고 평온하게 다가왔다. 한국에서 수많은 사람들과 부대끼며 살던 그녀에게는 이 모든 것이 그저 생소하기만 했다. 그런 한편 모든 사람들이 지독한 이방인으로 다가왔다.

그녀의 머릿속에서 어제의 한국과 오늘의 호주가 뒤범벅되어 돌아갔다. 여독으로 인한 피로감이 엄습해왔으나 한편으로는 드디어 시드니에 왔다는 안도감에 취해있었다. 거리의 풍경은 반듯반듯한 초고층 건물로 가득한 서울의 모습과는 무척 대조적이었다. 호주의 전통적인 빨간 벽돌로 지은 빅토리아풍의 고색창연한 건물은 영국 시절의 색깔이 듬뿍 묻어났으며, 오래된 건물들과 최근에 지은 근사한 건물들이 조화롭게 들어서서 아담한 도시를 이루었다. 아침 햇살을 받고 있는 푸른 정원과 수영장, 이름 모를 열대 식물들 그리고 특유의 빨간 벽돌집들이 서로 질서를 지켜가며 장난감처럼 어우러졌다. 소희는 이곳이 지구상에 마지막으로 남은 지상낙원이 아닐까 생각했다.

공항에서 30분가량 달려 도착한 곳은 시드니 중앙역에서 두 블록 떨어진 장소로 빨간 벽돌로 지은 2층 건물이었다. 무성한 나뭇잎 사이로 붉은 지붕이 살짝 보였는데 그 모습이 매우 인상적이었다. 건물 주위에는 이름을 알 수 없는 열대의 나뭇가지들이 고유한 향기를 내뿜으며 땅에 닿을 듯 그 자태를 뽐내고 있었다. 이 건물은 한국인 사장이 직접 경영하는 가라오케 레스토랑이라고 했다. 소희 일행을 태운 차가 그곳에 도착한 시각은 오전 10시쯤이었다.

"아이고 사장님, 오랜만이에요."

통통한 체구의 마담이 문을 열고 사장을 반갑게 맞이했다.

"송 마담! 그동안 별일 없었지요?"

사장은 레스토랑 소파에 다리를 꼬고 앉은 다음, 소희 일행을 차례로 마담에게 인사시켰다.

"안녕하세요?"

소희는 일단 눈앞에 펼쳐진 서먹서먹한 분위기를 깨기 위해 어떤 말이라도 하려고 했다. 그러나 갑자기 무슨 말을 할지 생각이 나지 않아 잠시 뜸을 들인 후 입을 열었다.

인사가 끝난 후 소희는 레스토랑 실내를 찬찬히 휘둘러봤다. 전형적인 호주 전통 가옥으로 보이는 이곳의 내부에는 가라오케 룸이 있었다. 2층에는 조그만 방 몇 개가 있는 구조로 고풍스러운 느낌을 주었다. 벽난로와 천장에 주렁주렁 매달린 조명등이 눈에 확 띄었다. 그러나 바닥과 벽을 온통 원목으로 장식해놓은 거실은 국적 불명의 가구들이 서로 조화를 이루지 못한 채 어정쩡하게 뒤섞여 있었다.

"얘들은 방금 도착했으니 오늘은 푹 쉬게 내버려둬."

사장은 마담에게 당부하더니 다른 바쁜 약속이 있는지 금방 자리를 떴다.

"나는 송 마담이라고 해요. 오늘은 다들 내가 지정해준 방에서 푹 쉬세요."

사장이 자리를 뜨자 마담은 소희를 비롯해서 다른 여성들에게 인사를 건넸다.

"그동안 근무했던 아가씨들은 오늘 오후 비행기를 타고 한국으로 가요. 여러분이 그 자리를 대신한다고 생각하면 돼요."

송 마담은 진심으로 애정을 갖고 그녀들을 대하는 듯 보였다.

소희가 나중에 안 사실이지만, 사장은 한국에서 다섯

명 정도의 여성들을 관광비자로 데리고 와 이곳에서 성매매를 시키다가 비자가 만료될 때가 되면 다시 새로운 여성들로 대체하는 방식으로 영업을 계속 해오고 있었다.

그녀는 동행했던 여성들과 간단한 말 몇 마디만 나눈 후, 세월이 물씬 느껴지는 나무로 된 좁은 통로를 지나 오른쪽 맨 끝방으로 갔다. 그곳이 그녀에게 배정된 방이었다.

그녀는 나무 의자에 앉아 창밖으로 펼쳐지는 바깥 경치를 내다보았다. 그윽한 향기를 풍기는 자카란다 꽃이 잔뜩 만발한 채 창문을 노크하는 것 같았다. 시야에 확 들어온 처마의 끝에 거미줄이 엉기성기 매달려 있었다. 주변 풍경이 신기할 정도로 친숙하게 다가왔다. 지붕 위를 날아다니는 새의 날갯짓이 눈부셨다.

그녀는 이렇게 호주에서의 첫날을 시작했다. 여기까지는 무사히 왔지만 너무도 많은 상념들이 머릿속에서 꼬리에 꼬리를 물고 영화 필름처럼 제멋대로 돌아갔다. 아무 인기척도 느끼지 못할 정도로 조용한 방에 들어서자마자 그녀는 미처 짐을 풀 새도 없이 무거운 몸뚱이를 침대 위로 내던졌다.

"송 마담, 오랜만이오. 지난번에 여기 왔을 때가 바로 엊그제 같은데 벌써 몇 달이 쏜살같이 지나가 버렸네."

골프웨어를 입은 중년의 한국 남성들이 문을 열고 들어오면서 마담과 인사했다.

"아유, 장 회장님, 너무 오랜만이시네요."

"하하, 잘 지냈죠?"

예순이 넘어 보이는 장 회장이라는 백발의 남자가 송 마담에게 다정하게 인사를 건넸다.

"회장님, 어제 한국에서 특별히 영계들을 데려왔으니 마음껏 회포를 풀다 가세요."

"오, 그래? 그러면 우리한테 빨리 인사를 시켜야지."

그의 말이 끝나기가 무섭게 마담은 카랑카랑한 목소리로 소희와 다른 아가씨들을 불렀다.

"애들아! 서울에서 회장님들 오셨다. 얼른 나와서 인사 드려."

어제 처음 봤을 때 상냥했던 마담의 모습은 온데간데없었다. 그녀는 이 바닥에서 흔히 보아왔던, 거칠게 살아온 흔적이 묻어나는 다른 마담들과 마찬가지로 본색을 드러내며 아가씨들에게 다짜고짜 반말을 했다.

소희와 다른 아가씨들이 홀에 나와 손님들 앞에 인형처럼 일렬로 쭉 섰다.

"오, 이번에는 제법 괜찮은 애들이 왔네. 너는 내 옆에 앉아라."

장 회장이 그중에서 제일 어린 아가씨를 불러 자기 옆에 앉혔다. 다른 아가씨들도 차례로 손님들 옆에 다소곳이 앉았다.

"여기는 성매매가 합법이니 부담 갖지 말고 그동안 쌓였던 스트레스를 다 풀고 갑시다."

장 회장은 일행들을 돌아보며 맥주와 위스키를 섞은 폭탄주 한 잔을 들고 건배사를 했다.

"우리의 건전한 성생활을 위하여!"

"위하여!"

다른 사람들 역시 장 회장의 건배사에 맞춰 우렁차게 목소리를 높였다. 장 회장 같은 이 업소의 주요 고객들은 골프 관광을 와서 낮에는 필드에서 골프를 치고, 밤에는 이곳에서 질펀하게 놀다 가는 것이 관행처럼 자리를 잡았다.

소희는 도착한 지 하루가 채 지나기도 전에 1차로 가라오케 룸에서 손님들과 노래를 부르고, 2차로 한국의 성매매업소에서와 마찬가지로 복도 옆에 쭉 들어서 있는 방에서 손님들과 성매매를 해야만 했다. 이렇게 소희의 일상은 장소만 바뀌었지 결국 똑같은 생활이 다람쥐 쳇바퀴 돌듯

지겹도록 계속되었다. 가뜩이나 타국 생활에 아직 적응하지 못한 그녀는 이내 온몸이 파김치가 되었다. 쉬는 시간에는 담배를 입에 물고 침대에 누워 담배 연기로 뿌연 천장을 멍하니 응시하는 일이 잦아졌다.

레스토랑 밖에는 검은 승용차 한 대가 항상 정차하고 있었다. 그곳에서 우락부락한 체구의 사내들 두 명이 항상 아가씨들을 감시했다.

"이곳에서 무슨 일을 할지 대충 짐작하고 왔지만, 정말 이렇게 살다가는 얼마 못 살 것 같아."

소희의 머리는 비비 꼬인 실타래처럼 복잡해졌다.

몇 달이 지났을까. 어느 날 소희가 손님 옆에서 술시중을 들며 테이블을 왔다 갔다 하고 있는데 마담이 갑자기 카운터로 그녀를 불렀다.

"소희야! 네 치마 엉덩이 쪽에 피가 시뻘겋게 묻었어. 오늘 생리하니?"

소희는 가라오케의 어두운 조명 때문에 치마에 묻은 핏자국을 미처 보지 못했다. 그녀는 깜짝 놀라 화장실로 달려가 속옷을 내리고 살펴봤다. 하혈을 하고 있었다.

"어쩌면 좋지? 이제 나 어떡해……."

갑자기 모든 것이 얼음처럼 차갑게 정지되어버렸다. 소

희는 마담에게 달려가 조용히 그녀를 방으로 불렀다.

"저 몸이 좀 안 좋아요. 병원에서 의사가 어쩌면 나중에 자궁을 들어내야 할지도 모른다고 말한 적이 있어요. 이제 그게 본격적으로 몸에 나타나는 것 같아요. 어쩌면 좋죠?"

소희는 눈물을 글썽이며 마담에게 하소연했다.

"이런, 큰일 났네. 너를 여기 데려오는 데 돈이 얼마나 들었는데……."

마담은 소희의 건강보다는 그녀에게 투자한 돈을 머릿속으로 계산하는 듯했다.

"일단 내가 사장하고 통화 좀 해볼게."

소희는 그날 밤 뜬눈으로 이리저리 뒤척였다. 마침 복도에서 마담이 사장과 통화하면서 큰 목소리로 싸우는 소리가 들렸다.

"아가씨 몸 상태도 제대로 확인하지 않고 여기까지 데려온 책임은 당연히 져야죠!"

독기 서린 마담의 목소리가 쩌렁쩌렁 천장을 울렸다.

"그렇다고 영어 한마디 못 하는 아가씨를 한국에서처럼 선불금을 받고 호주 업소에 팔아먹을 수도 없고, 참으로 난감하네."

"아가씨가 몸이 아파 현지 병원에 가서 일이 더 커지게 되면 호주 경찰이 냄새를 맡을 수도 있으니까 그냥 손절합시다."

한참 동안 옥신각신하며 통화하던 마담은 더 이상의 분노를 참지 못하고 언성을 높이며 사장과 한바탕 말싸움을 벌이다가 전화기를 바닥으로 확 집어 던졌다.

"개 같은 자식!"

평소에는 온화하게만 보였던 마담의 입에서 육두문자가 속사포처럼 계속 터져 나왔다. 소희는 뇌세포가 하얗게 멈춘 것처럼 공황 상태가 되었다. 심장이 두근거리기 시작했다. 그녀는 무릎에 머리를 처박고 터져 나오는 울음을 간신히 참느라 새벽까지 입술을 악물고 동상처럼 꼼짝없이 앉아 있었다.

조금 있으니 아침이 환하게 밝아왔다. 어젯밤 창문을 통해 잠시 쳐다본 하늘에는 한국에서 눈에 익었던 북두칠성 대신에 호주 국기에 상징적으로 그려진 남십자성이 희미하게 보였다. 남십자성은 이제 그녀의 시야에서 완전히 사라지고 남반구의 향기로운 아침이 그 자리를 대신하고 있었다.

'고향 하늘이나 이곳의 하늘이나 같은 하늘인데…….'

강렬한 아침 햇살이 커튼 사이로 비집고 들어올 즈음

마담은 소희를 자기 방으로 불렀다.

"아무리 생각해도 우리가 너를 데리고 있으면 있을수록 손해가 커져서 더 이상 같이 있을 수가 없겠어. 어차피 네 관광비자도 곧 만료되니 오늘이라도 한국으로 보내주려고 해. 네 앞길은 네가 알아서 했으면 좋겠어. 단, 명심할 게 있어. 계약서에 나와 있는 것처럼 이곳에서의 일에 대해서 일절 뻥끗해서는 안 된다는 거 잘 알고 있겠지?"

마담은 소희에게 한 번도 눈길을 주지 않은 채 자기 말만 계속했다. 소희는 마담의 말을 한쪽 귀로 흘려들었다. 몸이 더 망가져버리는 상황보다는 하루 빨리 이곳을 벗어나는 게 훨씬 나을 것 같았다. 그녀는 여기를 홀가분하게 벗어날 수 있다는 생각에 어린아이처럼 마음이 들떴다.

"자! 여기 보관하고 있던 네 여권과 약간의 여비야. 섭섭하게 생각하지 말고 편히 떠났으면 좋겠어."

마담은 소희에게 여권과 함께 여비를 넣은 봉투를 건넸다.

"오늘 오후 한국으로 가는 비행기가 있으니 그걸 타고 가면 되겠네. 좀 있으면 이곳에 올 때처럼 여행사 직원이 공항까지 너를 데려다주고 출국 수속까지 도와줄 거야."

마담은 소희에게 마지막 말을 남기고는 뒤도 돌아보지

않고 방을 나가버렸다.

소희는 송 마담에게서 느껴지는 이 뾰족한 느낌을 둥글게 다독여줄 그 무언가가 절실히 필요했다. 그동안 내면 깊숙이 꾹꾹 눌러왔던 외로움이 밀물처럼 몰려왔다. 자신은 지독한 회색의 이방인이라는 생각이 다시금 들었다.

그녀는 자신의 방으로 가서 손에 잡히는 옷가지와 화장품 등 소지품들을 조그만 가방에 챙겨 나왔다. 그 후 레스토랑 로비의 소파에 가만히 앉아 여행사 직원을 기다렸다. 조금 있으니 마담이 얘기했던 여행사 직원이 도착했다. 그는 레스토랑에 회색 승용차를 몰고 나타났다.

소희는 처음 이곳에 같이 왔던 네 명의 아가씨들과 작별인사도 제대로 하지 못한 채 그를 따라 차에 올랐다. 창밖을 보니 저 멀리 파스텔 톤으로 빛나는 은은한 저녁노을이 석양과 뒤섞여 오묘한 조화를 이루었다. 머뭇거리는 석양을 바라보면서 그녀는 안쓰러운 마음을 느꼈고 그 감정이 계속해서 교차했다. 공항까지의 거리와 방향을 가리키는 대형 초록빛 도로 표지판이 이름 모를 열대 나무들과 뒤섞여 그녀의 시야로 몰려들었다. 그녀를 태운 차는 비행기 시간에 맞추기 위해 공항으로 질주하기 시작했다.

비행기는 귀가 떨어져 나갈 듯한 엄청난 굉음을 내면서 시드니 공항을 서서히 이륙했다. 소희는 좌석에 앉자마자 잠에 빠져들었다. 문득 눈을 뜨고 창문을 내려다보니 비행기는 아직도 광활한 호주 대륙을 벗어나지 못하고 있었다. 그녀는 인생에서 마지막이 될지도 모를 이 풍경들을 하나도 빠짐없이 눈에 담기 위해 창에서 눈을 떼지 않았다.

시드니에서의 생활이 겨우 몇 달밖에 되지 않았지만, 그녀는 처음 도착했을 때부터 여권을 뺏기고 아무 데도 가지 못한 채 오로지 업소 안에 갇혀 지내야만 했다. 호주 생활은 그녀에게 또 하나의 슬픈 기억으로 남았다.

열 시간에 걸친 장시간의 비행 끝에 그녀가 탄 비행기가 인천국제공항에 닿았다. 비행기는 착륙을 시도하기 위해 공항 상공을 몇 바퀴 선회했다. 마침 구름 사이로 살짝 내비치는 햇빛이 인천의 항만을 엑스레이처럼 세세하게 비췄다. 비행기 창을 통해 문득문득 보이는 고국의 회색빛 풍경이 뚝배기처럼 푸근히 다가왔다. 그녀는 불과 몇 달 전에 다시는 이 땅을 밟지 않을 거라고 마음속으로 다짐했었다. 그런 한국 땅에 이렇게 다시 돌아온 것이 믿기지 않았다.

"승객 여러분, 저희 비행기는 인천국제공항에 안전하게

도착했습니다."

기장의 안내 방송이 스피커를 통해 흘러나왔다. 기내에서는 내년에 개최될 2002년 한일월드컵의 응원곡인 〈오 필승 코리아〉가 경쾌하게 울려 퍼지고 있었다. 노래의 신나는 박자에 맞춰 그녀의 가슴은 파득파득 날갯짓을 했다. 그녀는 살얼음판 위를 아슬아슬하게 걷는 것처럼 우울증 초기를 지나고 있었다. 계속 갸우뚱거리며 통 갈피를 잡지 못하고 심연으로 자꾸만 깊숙이 빠져들어 갔다.

이제야 그녀는 기나긴 꿈에서 막 깨어난 것 같은 느낌이 들었다.

귀국

인천공항을 빠져나온 소희는 다시 어디론가 가야만 했다. 연고가 전혀 없는 이곳에서 잠시라도 시간을 지체할 수 없어 서울역으로 가는 공항버스에 무조건 올라탔다. 그녀는 버스 창문을 통해 눈에 들어오는 풍경을 보면서 마치 사막 한가운데에 혼자 막막하게 버려진 것 같은 고독을 느꼈다.

한 시간여 만에 서울역에 내린 그녀는 한 치의 망설임도 없이 지난번에 머물렀던 역 부근의 고시원을 다시 찾았다. 그래도 그녀가 잠시나마 머물렀던 곳이라고 푸근한 마음마저 들었다.

"아저씨, 안녕하세요! 빈방 있나요?"

소희가 밝은 표정으로 물었다.

"아! 지난번에 머물렀던 아가씨구만. 가만 있자, 마침 방이 하나 있긴 한데 저번 방값보다 오만 원이나 비싼데."

고시원 주인이 소희의 눈을 슬쩍 쳐다보면서 대답했다.

"저는 반대로 지난번보다 오만 원 더 싼 방을 원하는데요."

그녀가 대답하자 고시원 주인은 잠시 망설였다.

"방 없으면 다른 고시원 찾아볼게요."

소희가 이렇게 말하고 돌아서자 주인이 그녀를 붙잡았다.

"그럼 이 방을 지난번과 같이 한 달 삼십만 원에 줄게."

"아, 네, 그럴게요. 여기 삼십만 원 있어요."

주인의 얼굴에는 방 하나를 채웠다는 안도감이 역력했다.

그가 안내해준 방에 들어선 소희는 저번 방에는 아예 없었던 조그마한 창문 하나를 발견했다. 방 내부는 창을 통해 들어오는 햇빛으로 인해 전등을 켜지 않아도 꽤 밝게 느껴졌다.

그녀는 고시원에 머물면서 며칠간 발이 닳도록 일자리를 찾았으나 헛수고였다. 지갑을 뒤져보니 다음 한 달 정도 고시원비에 생활비를 쓰고 나면 무일푼이 될 게 뻔했다. 그녀는 잠이 오지 않았다. 다시 불면증으로 며칠을 뜬 눈으로 지새웠다.

어느 날 오후였다. 소희는 사람 냄새가 풀풀 나는 남대문시장의 좁은 길을 무작정 걸었다. 밥을 먹지 못해 배가 헛헛하다 못해 아예 감각조차 무뎌졌다. 문득 사람들로 북적이는 순댓국집 앞을 지나던 소희는 문 앞에 붙어 있는 구인광고를 보았다. 주방 아줌마를 구한다는 내용이었다. 소희는 잠시 문 앞에서 어리대다가 용기를 내어 문을 열고 들어갔다. 카운터에 푼더분하게 생긴 아줌마가 앉아 있었다.

"저… 구인광고 보고 왔는데요."

그녀는 소희의 몸을 슬쩍 훔쳐봤다.

"보아하니 아가씨는 이런 데서 일할 사람이 전혀 아닌 것 같은데."

"저는 뭐든지 다 잘할 수 있어요."

소희는 열심히 하겠다는 말을 몇 번이나 반복하며 간곡한 의지를 전달했다.

"그럼, 마침 오늘 일손이 부족하니까 한번 해봐요."

기회를 준다는 아줌마의 말에 소희는 감격해서 콧잔등이 시큰해졌다. 식당 주인아줌마는 소희에게 주방에서 할 일 등을 꼼꼼히 설명하고는 앞치마를 주었다. 그녀는 단숨에 마음이 가벼워졌다. 지난 일들이 주마등처럼 빠르게 스쳐 지나갔다. 그녀는 식당 테이블 이곳저곳을 자기 물건처럼 소중히 반짝반짝 윤이 나게 닦았다.

"아줌마, 여기 김치하고 깍두기 하나 더 주세요!"

식당 안쪽 테이블에서 한 손님이 소리 높여 외쳤다.

"네, 지금 가져가요. 조금만 기다리세요!"

소희의 목소리는 제법 우렁차게 들렸다.

그녀는 식당 영업이 끝나는 새벽에야 식당을 나왔다. 일을 마치고 고시원에 들어가면 파김치가 돼서 침대에 눕기만 하면 정신없이 곯아떨어지곤 했다. 어느 날 새벽이었다. 옆방에서 부스럭거리는 소리와 함께 남녀의 애정행각에서 나오는 괴성이 얇은 베니어합판으로 만든 벽을 타고 들렸다. 새벽잠이 달아난 소희는 아무리 다시 잠을 청하려고 해도 바로 옆에서 들리는 신음소리 때문에 동이 틀 때까지 한숨도 잘 수가 없었다.

그녀는 볼일을 보기 위해 침대에서 일어났다. 주섬주섬 옷을 챙겨 입고는 고시원 내의 남녀 공용 화장실에 들어갔다. 한참 일을 보던 소희는 무엇인가 섬뜩한 느낌이 들어 화장실 벽 전체를 찬찬히 훑어보기 시작했다. 화장실 구석에 휴지가 잔뜩 쌓인 휴지통이 놓여 있었다. 그리고 그 휴지통 뒤로 사람들이 쉽게 눈치채지 못하는 담배 지름 크기의 구멍이 나 있었다. 옆 화장실에서 누군가가 그 작은 구멍을 통해 그녀의 모습을 지켜보는 것 같았다.

'뭐지? 여성들의 은밀한 부위를 엿보면서 쾌감을 느끼는 변태?'

그녀는 등골이 오싹해지면서 소름이 끼쳤다. 황급히 용무를 마치고는 화장실 문을 나서 방으로 들어왔으나 아직도 심장이 콩닥거리다 못해 녹아내리는 느낌이었다. 그녀는 문득 업소의 한 아가씨가 어릴 때 화장실에서 이런 끔찍한 일을 겪은 후 어른이 되어서도 혼자서는 공중화장실에 가지 못하는 증상이 생겼다고 토로했던 기억이 떠올랐다.

그로부터 시간이 꽤 흘렀다.

"아가씨 덕분에 우리 식당에 손님들이 더 많이 오는 것 같아 기분이 좋네."

얼굴에 기름기가 반들거리는 식당 주인아줌마는 전쟁터 같은 점심시간이 지난 한가한 시간에 소희를 테이블에 앉혀놓고 이런저런 이야기를 했다. 소희 역시 일을 떠나서 오랜만에 느낄 수 있는 친근한 분위기가 너무 좋았다.

이때였다. 식당 문이 스르르 열리더니 머리가 약간 희

끗한 남자 한 명이 들어왔다. 주인아줌마의 남편이었다. 밖에서 다른 사업을 해서 자주 출장을 가는 바람에 일주일에 한 번 정도만 집에 들른다고 했다. 그는 자신의 부인과 이야기를 나누던 소희를 본 후 야릇한 눈빛으로 소희의 몸을 위아래로 쓱 훑었다.

"누구?"

그는 부인의 눈치를 살피며 조심스럽게 물었다.

"몇 주 전부터 우리 식당에서 일하는 아가씨예요. 손님들에게 아주 싹싹하고 일도 잘해서 요즘만 같으면 내가 더 바랄 게 없어요."

주인아줌마가 밝은 표정으로 말했다.

"그래?"

그 역시 흡족한 표정을 짓고는 바쁜 일이 있는지 전화를 받고는 급히 밖으로 나갔다.

소희는 생전 처음 하는 식당 일이라 그런지 매일 밤 마감 시간이 되면 몸이 물먹은 솜처럼 축 처졌다. 그럼에도 불구하고 이제는 그녀를 둘러싼 주위의 모든 것들이 차분하게 제자리를 찾아가는 것 같아 마음이 무척 가벼웠다. 적어도 오늘만큼은 마음속 주름을 다리미로 구김살 없이 펴낸 하루였다.

다음 날 저녁이었다. 주인아줌마는 친한 친구의 장례식장에 가야 해서 자리를 비웠고 대신에 그 남편이 카운터를 보고 있었다. 마감 시간이 되자 주인아저씨가 고시원 숙소로 돌아가려는 소희의 팔을 꽉 붙잡았다.

"오늘 너무 고생 많았는데, 맥주 한잔 하고 가지."

아무도 없는 식당에서 그는 소희에게 느끼한 어조로 말했다.

"죄송한데 제가 몸이 아파서 오늘은 이만 들어가 봐야겠습니다."

그녀는 몸이 좋지 않다고 몇 번이나 거절했지만 종업원 입장에서 그의 제안을 단호하게 물리치기가 꽤 부담스러웠다. 할 수 없이 그녀는 테이블에 마주 앉아 그와 대작하게 되었다. 정말 오랜만에 마시는 술이어서 소희는 한 잔을 마셨는데도 술기운이 훅 올라왔다. 그녀는 정신을 차리려고 머리를 좌우로 두어 번 흔들었다. 그사이에 언제 자리를 옮겼는지 주인아저씨가 그녀의 옆자리에 앉아 있었다.

"한 잔 더, 쭉 들이켜!"

그는 맥주 한 잔을 다시 소희에게 권했고, 그녀는 취기에 아무 저항 없이 한 잔 두 잔 벌컥벌컥 들이마셨다.

어느새 주인아저씨의 손이 그녀의 치마 밑으로 들어와

있었다.

"아저씨! 왜 이러세요!"

소희가 소리치며 남자의 손을 뿌리치려고 했지만 오랜만에 마신 술 때문에 도저히 몸을 가눌 수 없었다. 그의 한 손은 이미 소희의 사타구니 속으로 들어왔고 또 다른 손은 가슴을 마구 주무르고 있었다.

이때였다.

"여보! 지금 뭐하는 짓이야!"

상갓집에 갔다던 주인아줌마가 식당 문을 드르륵 열더니 쏜살같이 달려와서는 소희의 뺨을 세차게 내려쳤다. 취기가 올라 몸을 가누기 힘든 상태였던 소희는 아줌마의 억센 팔 힘에 떠밀려 식당 바닥으로 그냥 고꾸라졌다.

"이 화냥년이 누구한테 살살 꼬리를 쳐? 처음 여기 왔을 때부터 얼굴에 색기가 철철 넘쳐서 망설였는데, 역시나……."

주인아줌마는 분이 풀리지 않는지 씩씩거리며 말끝을 흐렸다.

"야, 이년아! 당장 내 눈앞에서 꺼져!"

그녀의 서슬이 시퍼런 호통에 소희는 아무 말도 못 하고 눈물만 흘렸다.

"그래도 이번 달 월급은 주셔야죠?"

소희는 정신이 없는 와중에도 간신히 말을 꺼냈다.

"뭐라고? 이년이 아직도 정신을 못 차렸네. 그동안 식당에서 삼시 세끼 먹은 것만 해도 얼만데, 빨리 썩 나가지 못해!"

그녀의 속사포 같은 말에 소희는 아무 대꾸도 못 하고, 아니 아무 말도 하기 싫어 그냥 식당 문을 열고 밖으로 휘청거리며 나갔다. 주인아저씨는 곁눈으로 눈치를 살피면서 식당 한구석에서 천장을 향해 애꿎은 담배만 뻑뻑 피워댔다.

"결국 또 이렇게 돼버리는구나."

소희는 도무지 헤어날 길 없는 비루한 현실을 원망하며 펑펑 쏟아지는 눈물을 주먹으로 연신 훔쳐냈다. 그녀는 쓰러질 듯한 몸을 간신히 가누면서 상점들이 문을 닫아 을씨년스러운 시장 골목을 걸어 나와 고시원 방향으로 발걸음을 옮겼다. 차가운 바람이 그녀를 휩싸고 돌았다.

다음 날 오후에 겨우 일어난 소희는 간밤에 남대문시장 순댓국집에서 이곳 고시원까지 어떻게 걸어왔는지 도무지 생각나지 않았다. 그것보다 그녀는 먼저 일자리를 찾아 나서야 했다. 하루 종일 발품을 팔며 여기저기 돌아다녔지만 일자리를 구하는 게 여의치 않았다.

"요새 경기도 어려운데, 아주 일 잘하는 오십 대 아줌마 아니면 아가씨같이 젊은 여자를 쓰는 데가 없어요."

소희는 주로 식당 문을 두드리며 일자리를 찾았고, 그때마다 돌아오는 주인들의 상투적인 대답에 의기소침해졌다. 업소에서는 밤마다 남자들을 상대하고 파김치가 되어 정신없이 곯아떨어지면 다시 하루가 시작되는, 다람쥐 쳇바퀴 돌듯 고단한 생활의 연속이었지만, 여하튼 기본적인 숙식은 해결되었다.

그러나 지금은 어떻게든 목구멍에 풀칠부터 해야 하지만 아무리 노력해도 일자리를 구할 수 없었다. 어느 날부터는 아무것도 먹지 못한 채 폐인처럼 손끝 하나 까딱하지 않고 고시원 방에 멍하니 틀어박혀 있는 것이 일상이 되어버렸다. 이렇게 두문불출하다 보니 군산 업소를 떠나 얼마나 많은 시간이 흘렀는지조차도 기억해낼 수 없었다.

언제부터인가 갑자기 아랫배가 살살 아파왔다. 그녀는 병원 검진 결과를 떠올렸다. 이 증상이 단순한 배앓이가 아니라는 사실을 누구보다도 잘 알고 있었다.

"제발 아무 일 없이 지나갔으면."

소희는 두 손으로 얼굴을 감싸 쥐고 태어나서 처음으로

하늘을 향해 간절히 기도했다. 어릴 때 고향에 있던 조그만 교회의 목사님이 맛있는 걸 준다고 해서 또래 아이들과 함께 언덕에 자리한 교회를 몇 번 간 것이 종교 생활의 전부였다. 소희는 어린 시절 그 교회의 종탑을 떠올렸다.

"하나님, 제발 불쌍한 저를 살려주세요! 그리고 고향에 계신 부모님과 가족들의 건강도 보살펴주세요."

태어나서 처음으로 드린 기도는 몹시도 간절했다.

2002년 1월 초, 눈이 펑펑 쏟아질 것 같은 잿빛 하늘이 세상을 뒤덮은 어느 날이었다.

"아가씨, 밀린 방값은 도대체 언제 줄 거야?"

오늘도 이마를 잔뜩 찡그린 고시원 주인이 짜증을 내며 몇 달 동안 밀린 고시원비를 독촉했다.

새해가 밝았지만 그동안 소희가 발품을 팔아 겨우 얻을 수 있었던 일자리라고는 하루짜리 판촉 행사 보조원 아니면 유흥업소 종업원 자리뿐이었다. '고등학교를 중퇴한 가출 소녀'라는 딱지가 끊임없이 쫓아다니고 있는 그녀에게 좋은 일자리가 주어질 리 만무했다. 소희는 달랑 만 원짜리 몇 장이 전부인 지갑을 확인하고서 문득 진정한 공포를 느꼈다. 고시원의 좁아터진 방에서 매일 널브러져 있던 그녀는 온갖 잡생각에 잠을 설치기 일쑤였다. 며칠 전 신문에 고시원에서 가족도 없이 객사한 중년남성에 대한 기사가 나왔다. 그녀는 초조하고 절망적이었다. 날이 갈수록 점점 더 의기소침해졌다.

"이러다가 이 엄동설한에 길거리에 나앉아 굶어 죽을지도 몰라."

비록 온갖 고생을 했지만 군산에서 지지고 볶던 유흥업소 생활이 아득하게 떠올랐다.

"주인아줌마와 다른 아가씨들 모두 잘 살고 있겠지?"

소희는 혼잣말로 중얼거렸다. 간신히 도망쳤던 그곳 생활과 관련된 기억이 아련한 향수처럼 마음속에서 스멀스멀 피어오르자 그녀는 소스라치게 놀랐다.

"식구들 볼 낯이 없어 고향에 갈 수도 없고. 그렇다고 일자리는 더더욱 구하기 힘들고. 송충이는 솔잎을 먹고 살아야 한다는 말이 정말 사실인가 봐."

며칠간 소희의 마음은 천국과 지옥을 몇 번이나 오갔다. 머릿속의 뇌세포가 오래 곪아 있다 확 터져 나오는 것 같았다. 소희는 다시 며칠 동안 깊은 고민 끝에 상어 떼가 득실거리는 이 험난한 세상에서 살아남기 위해 마지막으로 강원도 화천의 업소를 찾아가 보기로 마음먹었다. 화천의 업소는 그녀가 수년 전에 일했던 곳으로 고향인 태백과도 그리 멀지 않은 곳이어서 언제든지 고향 땅을 밟기가 쉬울 것이라는 생각이 앞섰다. 그녀는 고시원 방 침대 위에 메모를 남겼다.

아저씨, 밀린 고시원비는 제가 무슨 수를 써서라도 나중에 다 갚을 테니 걱정하지 마세요. 염치없지만 그동안 진심으로 감사했습니다.

소희가 며칠째 잠을 자지 못해 충혈된 눈으로 고시원 문을 나서는데 카운터에 있던 주인아저씨가 그녀를 보자마자 역정을 냈다.

"아가씨! 밀린 고시원비는 어떡할 거야?"

"지금 일자리 찾으러 나가니 걱정하지 마세요."

소희는 시들먹하게 대답하고는 계단을 내려갔다.

"으이구, 앓느니 그냥 죽고 말지."

주인아저씨가 허공에 대고 탄식하는 소리가 계단을 통해 그녀의 귀까지 들려왔다. 건물 밖을 나서자 찬바람이 제일 먼저 소희의 몸을 휩싸고 돌았다. 냉기가 그녀의 온몸을 헤집고 다녔다.

눈

소희의 마음속으로 눈앞을 스쳐 지나가는 행인들의 모습이 새삼스럽게 다가왔다. 바람이 무심하게 그녀의 옷깃을 파고들었다. 마치 발가벗겨진 채 아무도 모르는 곳에 홀로 덩그러니 버려진 느낌이었다. 그녀는 고시원을 나오자마자 전철을 갈아타고 시외버스터미널로 향했다.

터미널에 도착한 그녀의 눈에 입구에서 언 손을 호호 녹이며 붕어빵을 팔고 있는 행상 아줌마가 보였다.

“붕어빵 천 원에 몇 개예요?”

소희는 아줌마의 눈을 쳐다보며 조심스럽게 물었다. 며칠을 굶었는지 기억조차 나지 않았다. 일단 아무거나 좀 뱃속에 넣어야 할 것 같은 절박한 상태였다.

"천 원에 세 개, 이천 원에 일곱 개예요."

소희는 지갑을 뒤져 꼬깃꼬깃 접어둔 만 원짜리 몇 장 중 한 장을 꺼내 계산을 하고 부리나케 매표소로 달려갔다. 붕어빵을 허겁지겁 먹으며 20분 정도 기다리니 강원도 화천으로 가는 버스가 터미널에 도착했다. 화천행 버스를 타려는 사람들은 소희를 포함하여 단 일곱 명뿐이었다.

고향은 못 가지만 그래도 같은 강원도 땅을 밟을 수 있어서 다행이라고 소희는 마음을 추슬렀다. 수년 전에 일했던 그곳 업소에서의 생활이 주마등처럼 스쳐 지나갔다.

'아저씨와 아줌마 모두 잘 계신지 모르겠네.'

10여 년에 걸친 그녀의 업소 생활 중 그래도 그들이 가장 인간적인 사람들이었다. 그녀를 가족처럼 대해주었기에 마지막으로 지푸라기라도 잡는 심정으로 그곳을 찾아가는 길이어서 소희의 마음은 약간 들떴다.

몇 시간이나 흘렀을까. 소희가 꿈인지 현실인지 전혀 구분이 되지 않는 악몽에서 깨어나 눈을 떠보니 차창 밖으로 짙은 안개가 앞을 분간하지 못할 만큼 자욱했다. 그녀는 화악산의 웅장한 능선을 넘어서는 순간 마음속으로 감탄을 연발했다. 겨울철마다 라디오 일기예보에 빠지지 않고 등장하는 '화악산 영하 25도'라는 말이 문득 떠올랐다. 과연 그 말대로 진짜 겨울왕국에 온 느낌이었다.

"기사님, 이 눈길에 저 산을 넘어갈 수 있겠어요?"

소희 앞자리에 앉은 중년 남자가 버스가 덜컹거릴 때마다 걱정스러운 눈빛으로 버스 기사에게 물었다.

"걱정 마세요! 이 길을 무사고로 운행한 지 벌써 20년째입니다."

까만 선글라스를 낀 운전기사는 껌을 질겅질겅 씹으며 대답했다.

"전방이 가까우니 군인들의 모습이 많이 보이네."

소희는 길거리에서 유달리 눈에 많이 띄는 군인들을 보며 그동안 그냥 놓치고 흘려보낸 시간을 떠올렸다. 그녀가 가려고 하는 업소는 움푹 팬 노면과 굴곡이 심한 산등성이를 몇 개나 더 지나야 닿을 수 있는 외진 마을에 자리하고 있었다.

반대쪽 산등성이 위로 이 엄동설한에 진지를 구축한다고 등짐을 진 병사들이 천 미터 고지를 낑낑거리며 개미 떼처럼 오르고 있었다. 저 멀리 각종 화기를 실은 군용 트럭과 병사들이 뱀처럼 꼬리에 꼬리를 물고 산허리를 일렬로 길게 줄지어 이동하는 모습이 그녀의 눈에 들어왔다.

낮게 드리운 먹구름 사이로 떨어지던 눈발이 점차 굵어지면서 차가운 바람과 함께 나무들 사이로 휘날렸다. 그녀는 한동안 강하게 휘몰아치는 눈발을 아무 생각 없이 바라봤다. 을씨년스러운 풍경이었지만 버스 차창에 몸을 바싹 붙이고는 밖으로 펼쳐지는 모습을 눈동자로 사진 찍듯이 열심히 담았다. 이 또한 세월의 저편으로 망각될 모습이라는 생각이 들자 소희는 더욱더 풍경에 집중했다. 지나간 시간 속에 켜켜이 쌓인 추억들이 진한 향수를 불러일으켰다.

어느덧 버스는 그 미끄러운 도로를 넘고 넘어 북쪽으로 좀 더 달린 후 호젓한 마을에 무사히 도착했다. 그녀는 쭈뼛쭈뼛 고개를 내미는, 고향에 두고 온 가족들에 대한 그리움을 다시 마음속에 꽁꽁 가둬야만 했다. 사방은 설산과 함께 파란 물감으로 물들인 것 같은 차가운 하늘밖에 보이지 않았다. 오지 중의 오지였지만, 몇 년간 일했던 곳이라 마치 고향에 온 것처럼 정겨움마저 느껴졌다.

그녀는 사람들의 온기를 느끼며 부대끼는 순간들이 견딜 수 없이 그리워 황급히 눈 속을 헤치며 발걸음을 재촉했다. 마을은 눈에 푹 파묻혀서 평화로워 보였고, 그래서 절대 고독을 맛보게 해주었다.

소희는 마을 삼거리 초소의 다리를 건너기 전 왼쪽 모

통이에 자리한 다방을 발견하고는 문을 열고 들어갔다. 몇 평 되지 않는 아담한 다방에는 동네 사람들 몇 명이 모여 입담을 자랑하고 있었다. 홀 중앙의 난로 위에 놓인 주전자에서 물 끓는 소리가 쉭쉭 요란하게 들려왔다.

"아줌마, 저 왔어요!"

소희는 마치 친정집에 온 것처럼 그동안의 그리움이 물씬 묻은 미소를 슬그머니 지으며 거리낌 없이 소리쳤다.

"아니, 이게 누구야?"

카운터에 있던 다방 여주인이 그녀를 와락 끌어안으며 살갑게 맞이했다.

"소희 언니!"

마침 손님에게 커피 배달을 나가던 한 아가씨가 그녀를 돌아보며 반갑게 외쳤다. 그러자 아가씨 몇 명이 소희 곁으로 다가와서는 그동안의 안부를 물었다.

"아저씨는요?"

소희는 벌겋게 달아오른 난로 근처로 자리를 옮겨 언 손을 녹이며 주인아저씨에 관해 물었다.

"잠깐 이장 댁에 갔으니 조금 있으면 오실 거야."

마침 저녁 시간이라 아줌마는 옆집 중식당에서 자장면, 탕수육, 군만두 등을 시켜 종업원 아가씨들을 모두 모아놓고 조촐한 회식을 했다.

주인아줌마는 아가씨들에게 소희를 소개했다.

"얘는 여기서 몇 년간 똑 부러지게 일했어. 덕분에 손님도 많이 들끓었고."

아줌마는 잠시 옛날을 생각하는 듯 낮은 천장을 물끄러미 바라보았다.

"배고플 텐데 많이 먹어."

아줌마는 소희의 엄마처럼 소희에게 수저를 챙겨주면서 말했다. 아줌마와 마주 앉은 그녀의 얼굴에는 정말 오랜만에 진심이 가득한 웃음꽃이 환하게 피었다.

"아줌마, 제가 오늘 여기 찾아온 이유는……."

밥을 다 먹고 잠시 숨을 고른 소희는 그동안의 사정을 얘기하려고 했으나 어물어물 말끝이 흐려졌다. 잠시 정적이 두 사람 사이를 갈라놓았다.

"됐다! 아무 말도 하지 마. 네 사정 알고도 남아."

아줌마는 주근깨가 가득하고 세파에 지친 소희의 창백한 얼굴을 찬찬히 읽어 내려갔다.

"아줌마!"

그녀는 아줌마의 무릎에 얼굴을 파묻고 서럽게 울기 시작했다.

"그래, 실컷 울어라. 마음속에 쌓였던 티끌 하나도 남기지 말고 다 토해내."

이 바닥에서 산전수전 다 겪은 아줌마는 같은 여자로서 모든 것을 이해한다는 듯이 그녀를 한참 동안 부둥켜안고 같이 울었다. 옆에 있던 아가씨들이 영문도 모른 채 멀뚱멀뚱 이 상황을 한동안 지켜봤다.

"여기서 몸 좀 추스른 후 마음을 굳게 먹고 다시 시작하면 되니까 너무 걱정하지 말고."

다방 마감 시간이 지나자 아줌마는 소희를 주방 뒤에 있는 작은 쪽방으로 데리고 들어갔다.

"네가 예전에 머물렀던 곳이니 생소하지는 않을 거야. 오늘은 푹 쉬고 내일 많은 얘기를 하자꾸나."

두메산골이라 저녁 6시가 되자 인적이 뚝 끊겼다. 아줌마와 몇 명 되지 않는 종업원 아가씨들이 모두 퇴근해서 고요한 정적만이 다방 안을 감싸고돌았다. 이따금 군용 트럭들이 달리면서 내는 소음만이 유일하게 요란했다.

소희는 오랜만에 익숙한 방의 체취를 느꼈다. 그녀는 깜깜한 방 안에 누워 천장에 붙어 있는 야광별 스티커를 보다가 문득 별을 세기 시작했다.

"별 하나, 별 둘, 별 셋……."

먹물 같은 어둠이 서서히 그녀의 전신을 짓누르기 시작했다. 그동안 내면 깊숙이 꾹꾹 눌러왔던 외로움이 밀물처럼 순식간에 밀려들어 왔다. 그녀는 이전과는 결이 다른 고독이라는 철저한 울타리 안에 다시 갇혔다. 마치 사막 한가운데에 혼자 먹먹하게 존재하는 것 같았다.

밤은 시간을 갉았고 긴장된 마음 안에서 일어나는 갈등으로 인해 정신은 오히려 또렷해져만 갔다. 적어도 앞으로는 마음을 졸이는 초긴장 속에서 애오라지 하루하루를 넘기던 그날들이 아니기를 마음 깊이 바랐다. 다시 눈물 한 줄기가 소희의 볼을 타고 흘렀다. 오늘따라 그녀의 눈물은 더욱 뜨거웠다. 그녀는 지금껏 겪었던 마음고생이 누그러지고 평온한 상태가 찾아오자 피곤에 절었던 몸을 눅눅한 이불 위에 뉘었다. 그러고는 이내 자기도 모르게 코를 골며 깊은 잠에 푹 빠졌다.

다음 날 아침 그녀가 잠에서 깨니 눈부시게 쏟아지는 밝은 햇살이 창문을 통해 방 안에 길게 파고들었다. 그녀는 눈꺼풀을 몇 번이나 감았다 뜨면서 오늘 아침도 무사히 눈을 떴음에 감사했다. 그녀는 잠깐 창밖으로 눈을 돌렸다가 곧 화장실로 향했다.

소희는 가방에서 손거울과 화장품을 하나둘씩 꺼내 화

장을 시작했다. 거울에 비친 그녀의 몰골은 이루 말할 수 없을 정도로 초췌했다. 흐리멍덩한 눈빛, 툭 튀어나온 광대뼈, 얼굴 전체에 퍼진 좁쌀 같은 주근깨, 거미줄 같은 잔주름, 메마르고 거친 피부, 핏기 잃은 입술 등 어디 하나 성한 곳이 없었다.

"언제까지 살 수 있으려나 모르겠네, 휴우."

그녀는 입술을 바르르 떨며 땅이 꺼지도록 깊은 한숨을 쉬었다.

"소희, 잘 잤어?"

아줌마가 방문을 살짝 열어보면서 물었다.

"아, 네, 정말 오랜만에 푹 잤어요. 저 오늘부터 일해도 되죠?"

그녀는 기지개를 활짝 켜며 모처럼 맑은 미소로 대답했다.

"그 몸으로 일할 수 있겠니? 좀 더 쉬지 그래."

아줌마는 그녀의 손을 그러잡으며 걱정스러운 얼굴로 말했다.

"호호, 저 괜찮아요. 그냥 멍하니 있으면 오히려 더 아파요."

"그래 그러면 조금 있다가 홀에 나와봐."

소희는 비록 이곳이 티켓다방이지만 숙식이 해결되고 돈을 벌 수 있다는 사실이 천만다행이라고 느꼈다.

화장이 잘 받지 않아 한참 동안 거울과 씨름한 그녀는 다방 문을 열고 밖으로 나왔다. 온 세상이 하얀 눈으로 온통 뒤덮여 어디가 어딘지 구분이 되지 않았다. 아직도 차가운 바람과 함께 나무들 사이로 눈송이가 휘날렸다. 그녀는 강하게 휘몰아치는 눈발을 한동안 아무 생각 없이 바라봤다.

바깥 풍경은 그날그날 다르게 다가왔다. 나뭇가지에 묵직한 눈이 쌓여 그 무게를 더하면 가지 끝을 무자비하게 흔드는 바람이 더 많은 눈을 나뭇가지로부터 떨어뜨렸다. 싸늘한 아침 공기가 숨 쉴 때마다 소희의 폐부를 송곳으로 콕콕 찌르는 것 같았다. 모든 것이 고요한 바다처럼 평온하고 한가하게 느껴졌다.

소희가 화천에 온 지도 벌써 일주일이 훌쩍 지났다. 아침부터 다방 창문을 비집고 길게 뻗친 겨울 햇살이 온종일 마을을 감싸고 있었다. 소희는 새파란 하늘과 함께 결이 달라진 햇살을 지그시 바라봤다. 진공청소기가 먼지를 빨아들이듯 황금빛 태양 속으로 아무 생각 없이 빨려 들어가면 진정한 자아를 찾을 수 있을 것만 같았다.

"소희야! 저 앞에 있는 행복모텔 303호 손님이 오후 1시까지 커피 배달을 시켰는데 할 수 있겠어?"

아줌마는 아직 몸이 성치 않은 소희가 모텔에서 손님을 무난하게 상대할 수 있을지 걱정했다.

"네, 걱정 마세요. 이 바닥에서 하루 이틀 일하는 거 아니잖아요."

소희는 온기가 느껴지는 커피포트를 보자기에 싸면서 어제와는 딴판인 밝은 얼굴로 대답했다.

"전에 여기서 일할 때만 해도 한창때라 손님들에게 인기가 최고였는데……."

소희는 구두 소리를 또각또각 내며 희미한 미소를 띠고 다방 문을 열었다. 아줌마는 소희가 나가는 모습을 멀리서 지켜보면서 당시를 회상하며 혼자 중얼거렸다.

길가에는 아직 녹지 않은 눈을 치우는 마을 사람들과 군인들의 손길이 여기저기 분주했다. 정겹게 다가오는 마을 풍경이 시간을 거슬러 몇 년 전으로 그녀를 데려갔다. 전방 마을이라 거리에 사람이라고는 마을 사람들과 푸른색 제복을 입은 군인들밖에 없었다. 예전에 비해 전혀 달라진 것이 없었지만 소희의 마음은 이미 달나라에 와 있는 것처럼 전혀 다른 세계를 경험하고 있었다.

소희는 보자기에 싼 커피포트와 찻잔을 행여나 놓칠까 봐 오른손으로 꽉 쥐고 조심스럽게 걸었다. 오랜만에 마음의 여유를 가지고 길 양쪽을 찬찬히 살펴보았다. 어느 집 앞을 지나칠 때 마당에서 뛰어놀던 누렁이 한 마리가 낯선 사람을 경계하며 컹컹 짖었고 닭은 홰를 치며 목청 높여 울었다.

소희가 일을 마치고 모텔을 나오자 옆 상점 앞에 서 있던 군인들이 낄낄거리며 수군거리는 소리가 들렸다.

"저기 삼거리 지나면 바로 다방이 있는데 거기 미스 리를 거쳐간 군인들만 해도 아마 몇 사단 병력은 될걸."

한 군인이 무용담을 전하듯 의미심장한 미소를 띠며 말했다.

"이 마을에서 커피 배달하는 아가씨들이 다 그렇지 뭐."

옆에 있던 군인이 코웃음 치며 말을 받았다.

길을 가다가 무심코 이들의 대화를 엿들은 소희는 마치 그들이 자기 들으라고 하는 소리 같아 모처럼 평온을 되찾았던 마음이 속에서 우르르 무너져 내렸다. 누군가에게 뒤통수를 한 대 얻어맞은 느낌이었다. 그녀는 두 다리의 맥이 풀려 다방으로 간신히 걸어갔다.

소희는 최근 몸 컨디션이 좋지 않았다. 그녀는 다방에

도착하자마자 화장실로 달려갔다. 일을 보던 중 갑자기 음부에서 시뻘건 피가 나와 변기에 뚝뚝 떨어지는 것을 본 그녀는 소스라치게 놀랐다. 숨이 탁 멎는 것 같았다. 호주의 그 업소에서 있었던 당황스러운 상황이 이곳에서 다시 재연되고 있었다. 역겨운 피비린내가 그녀의 콧속으로 훅 끼쳤다. 그녀의 가슴은 벌렁거리기 시작했고 이마에는 식은땀이 송골송골 맺혔다.

'본격적으로 하혈이 시작된 걸까?'

앞으로 자궁을 들어낼지도 모른다고 한 의사의 말이 다시 떠올랐다. 소희는 정신없이 허둥거리며 공포감에 사로잡혔다. 불길한 예감이 그녀의 뒷덜미를 타고 정수리까지 올라오면서 몸이 갑자기 뻿뻿해졌다.

'혹시 죽은 아기를 마을 뒷산 소나무 숲에 그냥 묻어두고 고향을 떠난 것 때문에 천벌을 받은 것은 아닐까?'

그녀는 머리 위에 매달린 밧줄을 숙연하게 맞이하는 사형수처럼 자신의 절박한 운명을 감지했다. 불안과 동시에 찾아온 불길한 예감을 처음으로 느낀 그녀의 마음은 끊어진 연처럼 허공을 이리저리 날아다녔다. 시간은 느낄 수도 없을 만큼 아주 더디게 흘러가서 그녀의 온몸에 지울 수 없는 고통을 새겨놓았다. 여러 가지 생각이 거미줄처럼 뒤엉켜 머릿속에서 떠나지 않았다.

아랫배 밑 어느 곳인가에 날카로운 통증이 잠시 스쳐 지나갔다. 찰나의 시간이 흐른 후 그녀는 마음을 차분히 가라앉혔다. 일단 휴지를 둘둘 말아 지혈을 하면서 피가 멈추기를 기다렸다. 조금 있으니 선지 같은 핏덩이 몇 개가 휴지에 묻어 나오더니 다행스럽게도 하혈이 멈췄다.

'아무것도 아니야, 좀 지나면 괜찮아질 거야.'

소희는 천천히 일어나 뒷마무리를 하고는 변기 주변에 흩뿌려진 핏자국을 깨끗하게 정리했다. 그런 다음 방으로 가서 조용히 누웠다.

화장실에서 하혈한 이후 며칠 동안 소희는 삶과 죽음에 관해 깊이 고뇌하며 잠을 설쳤다.

"어디 아프니, 소희야?"

아줌마가 쪽방 문을 열고 걱정스러운 눈빛으로 물었다.

"아무것도 아니에요. 걱정하지 마세요."

그녀는 자신을 가족처럼 대해주는 아줌마에게 부담을 줄 생각이 전혀 없었다.

'아무리 생각해봐도 여기에서도 오래 머물 수가 없겠어.'

소희는 자기가 아줌마에게 전혀 도움이 되지 않는 존재

라는 사실을 다시금 깨달았다. 도움은커녕 짐만 되고 있다는 생각이 들었다. 그리고 끝내는 어쩌면 이곳 생활을 깨끗이 정리하고 오랫동안 일했던 군산 업소로 다시 돌아가는 것이 아줌마를 편하게 해주는 유일한 방법인지도 모른다는 생각에 이르렀다.

"아줌마, 할 말이 있어요."

그녀는 맥이 한참 빠진 나직한 소리로 아줌마를 방으로 불렀다.

"무슨 일이니?"

아줌마는 가슴이 덜컥 내려앉았지만 이미 그녀가 할 말을 짐작이라도 한 듯 표정 없이 덤덤하게 물었다.

"아무리 생각해봐도 이제는 이 생활을 접고 고향으로 가야 할까 봐요."

그녀는 고향으로 돌아갈 수 없다는 사실을 마음속 깊이 숨긴 채 되도록 태연한 표정으로 말했다.

"떠나다니……."

두 사람 사이에 얼음장같이 차가운 침묵이 흘렀다. 아줌마는 결국 말끝을 흐리면서 한동안 말을 잇지 못했다. 그녀의 눈에는 무어라 형언할 수 없는 슬픔이 가득했다.

"아무튼 어디에 있든 몸 건강하게 악착같이 살아야 해."

아줌마는 눈물을 글썽이며 그녀에게 신신당부했다. 그녀 역시 소희가 고향으로 가지 않을 거라는 사실을 뻔히 알고 있었다.

소희는 아줌마가 손수 뜨개질해서 손에 쥐여준 털목도리를 목에 둘둘 둘렀다. 하지만 진눈깨비가 뒤섞인 한겨울 바람은 소희의 두 귀를 얼얼하게 만들었다. 가슴에 휑한 바람이 불었다. 그녀는 더 이상 말을 잇지 못한 채 복받치는 눈물을 펑펑 쏟으며 멈칫거리는 발걸음을 간신히 옮겼다. 불현듯 그녀의 폐부 속에서부터 뭔가 뜨거운 덩어리가 물줄기가 되어 왈칵 용솟음쳤다. 목울대가 후끈했다. 소희는 알알이 맺힌 이곳에서의 시간과 낯설고 가슴 아렸던 순간들을 생각했다. 기억의 조각들을 이어 붙이며 낯선 시간도 이제 추억의 한 장으로 고이 간직하자고 마음먹었다.

눈이 얼마나 쏟아지려는지 먹구름 가득한 하늘이 계속 찌뿌듯했다. 고향을 떠난 그날처럼, 한겨울이면 영하 20도까지 내려가 코끝이 떨어질 것 같은 강추위가 느껴지는 이곳 전방 마을을 몇 번이나 뒤돌아보며 가슴속에 열심히 담았다.

그녀가 세상을 향해 처절한 몸부림을 치자 시간의 연기가 모락모락 피어올랐다. 모든 게 연기 속으로 사라져버린 것처럼 먹먹했다. 그녀의 마음속에서 갈피를 못 잡은 생각들이 어지러이 부딪쳤다.

원점

힘겹게 강원도를 떠난 소희는 승객들로 북적이는 서울역에 도착했다. 역 대합실에 들어서자마자 그녀는 한 치의 주저함도 없이 지갑에 남아 있는 얼마 안 되는 돈을 꺼내 군산으로 가는 기차표 한 장을 끊었다. 그러고는 지갑을 탈탈 털어 대합실 부근에 있는 김밥집으로 가서 김밥 두 줄을 시켜 허겁지겁 허기를 달랬다.

"오뎅 국물 좀 더 주세요."

급하게 먹다 보니 속이 답답해진 소희는 주인에게 국물을 한 컵 더 달라고 부탁했다. 구수한 국물 냄새가 그녀의 코 안으로 깊숙이 스며들었다.

소희는 입김을 호호 불면서 뜨거운 국물을 한 모금 마셨다. 어렵사리 도망쳐 나온 군산의 업소로 왜 다시 돌아가려는지, 스스로 왜 이런 결정을 내렸는지 골똘히 생각해 보았다. 군산 업소를 탈출해 호주 시드니 업소까지 갔다가 한국으로 돌아왔고, 남대문 시장 순댓국집에서 일하다 심각한 성추행을 당해 쫓겨났다. 그 후 강원도 전방의 다방을 거쳐 끝끝내 부메랑처럼 군산 업소로 되돌아가는 길이었다. 군산 업소로 돌아가기로 한 그녀의 결정은 엉킨 실타래 같은 현실을 더욱더 헝클어트리고 있었다.

'다시 돌아가면 몸은 영영 회복할 수 없을 지경으로 망가지고 말겠지.'

뇌리에서 생각이 꼬리에 꼬리를 물었다.

'어차피 밑바닥 인생에 더 기대할 것도 없고, 그냥 이렇게 살다 가는 거지.'

그녀는 스스로를 합리화하면서 애써 마음을 달랬다. 그녀의 머릿속에서 그동안 다소 낯설었지만 한편으로는 익숙했던, 고통스럽고 힘겨웠던 순간들이 주마등처럼 휙휙 스쳐 지나갔다. 사실 소희는 유흥업소 밖의 세상으로 나가서 잘 적응하며 살 수 없다는 것을 누구보다도 잘 알고 있었다. 한편으로는 이번 기회에 무거운 짐을 다 내려놓고 싶다는 생각이 간절했다.

그녀는 자꾸 흔들리는 마음을 매몰차게 부여잡으며 군산행 열차에 몸을 실었다. 그녀는 육중한 쇠바퀴가 철로 위를 구르며 규칙적으로 만들어내는 덜컹거리는 마찰음을 자장가 삼아 깊은 잠에 빠져버렸다.

한 시간쯤 지났을까. 소희는 살며시 눈을 떴다. 차창에 힘없이 기대어 밖을 보니 어제 내린 눈 위로 멀리 땅거미가 뉘엿뉘엿 지고 있었다. 그녀는 믿기지 않는 최근의 일들을 오롯이 영화의 한 장면으로 치부하고 그냥 마음에 접어두고 싶었다. 창백한 인생의 노트에 앞으로 어떤 구절을 적어 내려가게 될지 무척 궁금했다.

소희가 군산역에 도착한 시각은 밤 9시경이었다. 귀가 떨어질 것 같은 찬바람이 군산역 광장에 쌩 휘몰아치자 그녀의 마음은 더욱더 꽁꽁 얼어붙었다.

역 대합실과 광장을 오가는 여행객들의 얼굴에는 피곤한 기색이 역력했다. 그녀는 곧 다시 만나게 될 업소 주인 아줌마와 아가씨들 생각에 마음이 약간 들떠 있었다. 그러나 한편으로는 몸치가 자기에게 어떤 해코지를 할지 몰라 몹시 두려웠다. 그녀의 동공은 공포에 사로잡혀 흔들렸다.

그녀는 인간이 느낄 수 있는 마지막 치욕까지 견뎌내면서 온몸이 너덜너덜해져 만신창이가 된 채 군산 업소를 탈출했다. 그러나 너무 오랫동안 좁은 새장에만 갇혀 있어서 스스로 나는 법을 잊어버린 새처럼 방황하다가 결국 새장으로 다시 돌아오고야 말았다. 너나들이로 서로 의지하면서 살아가는 업소 아가씨들의 얼굴이 밤하늘의 별처럼 하나둘 떠올랐다.

'내가 미쳤지, 도대체 내가 왜 여길 내 발로 돌아온 거지?'

'귀소 본능? 외상 후 스트레스 장애?'

그녀는 가슴을 쥐어뜯으며 도리머리를 저었다.

'지금까지 나를 옥죄었던 운명의 굴레를 훌훌 끊어버리고 또 다른 운명의 공간을 찾기가 그토록 어려웠나?'

그녀는 어두운 하늘을 쳐다보며 헛웃음을 지었다. 허한 기운이 맴돌았다. 별들이 모처럼 초롱초롱하게 눈을 뜨고 그녀를 이해한다고 말하고 있는 것 같았다. 머리가 깨질 것처럼 편두통이 확 몰려왔다. 몸속까지 파고드는 추위였다. 깜깜한 역 광장을 담담하게 한번 휘둘러본 소희는 인파 속을 헤치고 나와 광장 앞에 줄 서 있는 택시를 탔다.

"기사님, 개복동 2차 골목으로 가주세요!"

그녀가 행선지를 말하자 택시 기사는 백미러로 그녀를 힐끗 쳐다봤다.

개복동 업소에 도착하기까지 10여 분 동안 소희의 가슴은 쿵쾅쿵쾅 뛰었다. 교회를 지나 업소가 있는 골목에 들어서니 여느 때와 다름없이 업소마다 현란한 네온사인 불빛 아래에서 아가씨들이 야한 옷차림과 짙은 화장을 한 채 하염없이 손님을 기다리고 있었다. 업소의 대형 유리창에 설치된 크리스마스 장식 때문에 골목이 평소보다 훨씬 화려해 보였다. 그녀는 아가씨들의 모습에서 거울을 통해 적나라하게 드러난 자기 모습을 보는 것 같아 갑자기 마음이 짠해졌다.

소희는 크게 심호흡을 한 후 택시에서 내렸으나 한동안 그 자리에 우두커니 서 있었다. 경계심과 함께 살을 에는 바람이 그녀를 엄습했다. 그녀가 제일 먼저 맞닥뜨린 사람은 다름 아닌 몸치였다. 그녀는 팽팽한 긴장감에 잠시 발걸음을 멈칫했다.

"어? 저년 소희 아닌가?"

몸치는 군산으로 다시 돌아온 소희를 보며 어처구니가 없다는 표정을 짓더니 이내 고개를 치켜세웠다. 그러고는 그녀에게 황급히 달려와 그동안 쌓였던 화풀이를 하듯 고함을 질렀다.

"도망갔던 년이 죽을라고 어딜 다시 기어들어와?"

얼굴에 핏발을 세우며 오만상을 찌푸린 몸치는 다짜고짜 그녀의 멱살을 잡았다. 그러고는 그녀를 업소 안으로 끌고 들어가더니 차디찬 바닥에 휙 내팽개쳤다. 기철이와 몸치의 부하들도 덩달아 업소 안으로 따라 들어왔다.

"소희 언니!"

"언니, 그동안 어디 갔었어요?"

"많이 보고 싶었어요."

몇몇 아가씨들이 소희를 보자마자 말을 잇지 못하고 그녀에게 달려와 와락 껴안았다.

"소희 년이 지 발로 들어왔다고?"

주인아줌마 역시 씩씩거리며 안방에서 뒤뚱뒤뚱 걸어 나왔다. 그녀 역시 소희에게 쌍욕을 퍼붓고 싶었으나 마음 한편으로 수천만 원에 달하는 몸값을 되찾은 것에 대한 안도감을 느꼈다. 그녀의 얼굴에는 그러한 감정이 역력히 묻어났다.

"이년은 제가 손 좀 볼게요."

움직일 때마다 목 주변에 새긴 문신을 과시하듯 꿈틀거리는 몸치가 눈을 부라렸다. 몸치는 소희를 화장실 옆에 있는 골방으로 거칠게 끌고 들어갔다.

"이 쌍년이 어딜 도망가!"

"아악!"

잠시 후 무당이 푸닥거리를 하듯 몸치의 쌍욕과 함께 매타작이 시작되면서 소희의 비명이 홀 밖으로 터져 나왔다.

퍽-

"아악!"

그녀의 비명이 골방 밖까지 처참하게 울렸다. 그렇다고 몸치에게 자존심을 다 버리고 싹싹 빌 그녀가 아니었다.

시간이 얼마나 흘렀을까. 마침내 험악했던 분위기가 사그라들며 실내에 적막이 흘렀다. 몸치는 부르걷었던 소매를 내리고 저벅저벅 요란한 발소리를 내며 골방을 나왔다. 골방의 좁은 문틈 사이로 몸치에게 얻어맞아 피투성이가 된 소희의 모습이 살짝 보였다. 그녀의 얼굴에서는 자포자기의 심정과 더불어 절망감이 물씬 느껴졌다.

기철은 찬 물수건을 손에 쥐고 제일 먼저 그녀에게 달려왔다.

"소희 누나! 정신 좀 차려봐!"

기철이 그녀를 몇 번 흔들어 깨우자 소희가 부들부들 떨며 조용히 눈을 떴다.

"기철아, 그동안 잘 있었지?"

소희는 만신창이 상태에서도 기철이를 남동생 대하듯 꼭 껴안으며 울먹였다.

"누나, 많이 아프지?"

기철은 소희를 얼빠지게 바라보면서 그녀의 터진 입술에 묻은 피와 볼을 타고 흐르는 눈물을 수건으로 찬찬히 닦아주었다.

"괜찮아, 이런 일이 처음도 아닌데."

소희는 나지막한 목소리로 말했다.

"흠씬 두들겨 맞고 나니 오히려 마음이 편해지네."

기철은 소희의 넋두리를 들으며 그녀의 헝클어진 머리카락을 손으로 몇 번이나 걷어 올렸다. 소희는 기철에게 몸을 의지한 채 한 걸음씩 계단을 올라 2층에 있는 쪽방으로 갔다. 이 모습을 지켜보던 아가씨들의 얼굴이 시퍼렇게 질렸다. 조금 전 소희가 겪은 일이 흔히 있는 일이자 자신들에게도 언제든 닥칠 수 있는 일이었기 때문이다. 그녀들의 표정에는 두려움이 가득 차 있었다.

"소희 년, 오늘은 쪽방에서 푹 쉬랑께!"

주인아줌마가 2층으로 올라간 소희에게 목청껏 소리쳤다. 오랜만에 업소에는 고요가 찾아들었다.

다음 날 아침이 또다시 부옇게 밝아왔다. 여느 때처럼 잠에서 일찍 깬 소희는 손거울로 얼굴을 살폈다. 어제 고꾸라지듯 바로 잠자리에 들어서 그런지 얼굴이 형편없이 퉁퉁 부어 있었다. 머리는 마구 헝클어졌고, 눈은 아이섀도와 마스카라가 시커멓게 번지는 바람에 거무스름한 자국이 볼까지 얼룩져 있었다.

"이 정도면 오늘 영업을 할 수는 있겠지?"

그녀는 깊은 한숨을 쉬고 방을 휘둘러봤다. 눈에 익은 옷가지며 싸구려 화장품들이 그녀를 반기는 듯했다.

"개똥밭에 굴러도 저승보다 낫겠지."

그녀는 헛웃음을 지으며 화장대 서랍에서 그동안 잠자고 있었던 일기장을 꺼냈다. 그러고는 차분하게 페이지를 넘겨 빈 곳에 펜으로 적어 내려갔다.

하나님, 저에게 단 한 번만 다시 기회를 주신다면 옛일을 뉘우치며 성실하게 살겠습니다.

도와주세요.

이젠 정말 지쳐가고 있어요.

이러다 삶의 의미조차 영영 잃어버릴까 봐 두려워요.

사는 게 힘들고 어려운 일인 줄은 알았지만 이건 아닙니다.

감금

저녁이 되자 아가씨들은 언제 그랬냐는 듯 휘황찬란한 조명 아래서 반쯤 벗은 야한 옷차림과 짙은 화장을 한 채 손님맞이에 여념이 없었다. 홀 한구석에 놓인 난로가 푸근한 기운으로 아가씨들을 감싸고 있었다. 이때였다. 기철이 문을 열고 소리쳤다.

"아줌마, 손님, 손님!"

기철이 금의환향하는 개선장군처럼 어깨를 으쓱거렸다.

"애들아! 손님 받아라!"

주인아줌마는 오랜만에 받는 단체손님이 반가워 걸신스럽게 먹던 식사마저 중단하고 물을 꿀꺽꿀꺽 마시면서 소리쳤다. 그녀의 목소리에는 방금 바다에서 건져 올린 펄떡거리는 생선처럼 활력이 있었다. 젊은 남자들이 단체로 기철을 따라 들어왔다.

"이 친구가 이번에 결혼을 해서 함 지고 받은 돈으로 여기 왔으니 서비스 잘 해줘요!"

함지기 역할을 한 신랑 친구가 호기심 가득한 표정으로 아가씨들을 곁눈질하며 언 손을 호호 불었다.

"서비스야 우리가 최고지. 아무렴."

주인아줌마는 젊은 남자들이 기다리는 방으로 아가씨들 십여 명을 데리고 들어갔다.

"야! 오늘 우리 모두 코가 삐뚤어지도록 마시는 거야!"

무리 중에서 옹졸해 보이는 안경을 쓴 한 친구가 일어서서 외쳤다.

"근데 너는 언제 총각딱지 뗐냐?"

"난 군대 가서 처음으로, 사창가에서."

"나도 군대에 있을 때 처음 했는데."

그들은 불쾌한 얼굴로 호기롭게 떠들었다.

"그러지 말고 우리 그냥 홀딱 벗고 놀자!"

한 친구의 제안에 모두들 옷을 벗기 시작했다.

"좋지, 이왕 노는 거 화끈하게 놀자!"

"니들은 왜 안 벗어?"

또 다른 친구가 이맛살을 찌푸리며 아가씨들을 재촉했다. 이 말이 끝나기가 무섭게 아가씨들은 모두 숙달된 솜씨로 속옷까지 전부 훌러덩 벗고는 남자들 사이에 짝을 지어 앉았다. 그러자 한 친구가 나서서 거품이 잔뜩 낀 맥주잔을 일행에게 돌렸다.

"자, 내가 시범을 보일 테니 다 따라 해봐!"

취기가 오르자 또 한 친구가 벌떡 일어났다. 곧이어 그는 맥주잔에 자기 성기를 푹 담그더니 그 잔을 바로 옆에 있는 아가씨에게 권했다.

"쭉 마셔!"

신이 난 그는 알몸으로 춤을 추기 시작했다.

"아줌마! 홀딱쇼 보여줘야지?"

그들 중 누군가가 아줌마를 향해 소리쳤다.

"아무렴요. 애들아, 오늘 화끈하게 보여드려라!"

오늘 매상이 제법 괜찮을 것이라고 확신한 주인아줌마의 얼굴은 꽤 상기되어 있었다.

"상희야! 너부터 시작해!"

주인아줌마는 업소에서 제일 어린 상희를 지목했다. 이윽고 쇼가 시작되었다.

"우와!"

"와우, 와우!"

야구장 응원처럼 거친 함성이 모두의 입에서 터져 나왔다. 그녀는 평상시 손님들에게 보여주었던 쇼에 더하여 오늘은 특별히 '뱀쇼'를 선보였다. 그녀가 고무로 만든 뱀 모형을 가지고 알몸을 감싸며 온갖 자태를 뽐내자 사방에서 괴성과 함께 팁으로 만 원권이 공중에 전단지처럼 뿌려졌다. 그들 중 몇 명은 아가씨들의 알몸에 맥주를 들이붓고는 온몸 구석구석을 혀로 핥기 시작했다.

"으음……."

아가씨들의 신음소리가 방 안 가득 울려 퍼졌다. 수십 명의 남녀가 실오라기 하나 걸치지 않고 정육점에 걸려 있는 고깃덩어리들처럼 갖가지 자세로 질펀하게 노는 모습이 가관이었다. 술자리가 무르익자 아가씨들은 술에 취해 몸을 가누지 못하는 파트너들을 부축해서 차례차례 쪽방으로 올라갔다.

이렇게 결혼식을 앞두고 '총각딱지'를 뗀 새신랑과 그의 친구들이 벌인 광란의 순간이 썰물처럼 순식간에 지나갔다.

손님들을 배웅하러 나온 소희는 멀어져 가는 그들의 뒷모습을 빤히 쳐다보았다. 북적거렸던 골목 어딘가에서 싸우는 소리가 들렸다. 다른 업소 아가씨와 손님이 화대 문제로 다툼을 벌이는지 분을 못 이기는 욕설과 고함소리가 골목을 뒤덮었다.

"이년아! 니 뱃속에 들어선 애를 뗀다고 내다 버린 병원비만 해도 얼만지 알아? 니가 처음 이곳에 왔을 때 쓴 소개비에다 이것저것 다 합하면 갚아야 할 빚이 얼만데, 왜 손님을 안 받고 지랄이냐 지랄이?"

소희가 제 발로 돌아온 지 얼마 되지 않았지만 그녀가 갈수록 손님들을 거부하거나 반항하는 횟수가 늘어나자 주인아줌마가 역정을 냈다.

"저기 앉아 있는 손님, 오늘 니가 받아. 알것어?"

주인아줌마는 혼자 와서 쓸쓸히 홀짝홀짝 술을 마시는 남자를 가리키며 말했다.

"저 오늘 생리해요."

부숭한 얼굴을 한 소희가 난처한 표정으로 주인아줌마에게 말했다.

"이년아, 이것저것 다 따지고 언제 손님을 받는당가? 병원에 가서 애를 지우고도 하루 만에 다시 일하는 거 몰러?"

아줌마의 목소리 톤이 한껏 올라갔다.

"알았어요."

갑자기 분위기가 어색해지면서 밑으로 푹 가라앉았다.

"저년이 평소에 씹지 않던 껌까지 짝짝 씹으며 말하는 꼬락서니하고는……. 빨리 껌부터 뱉으랑께!"

주인아줌마의 서릿발 같은 불호령이 떨어지자 소희는 입술을 삐죽 내밀며 돌아섰다. 그녀는 질겅질겅 씹고 있던 풍선껌을 훅 불어 터뜨리고는 재떨이에 버렸다. 그런 다음 착잡한 마음으로 헝클어진 머리카락을 매만졌다.

가볍게 화장을 고친 소희는 주인아줌마가 말한 그 손님의 옆자리로 가서 언제 그랬냐는 듯 살며시 미소를 띠며 앉았다. 그 손님이 뭐라고 장황하게 떠들었지만 그녀의 귀에는 전혀 들어오지 않았다. 술자리가 파하자 그녀는 여느 때처럼 약을 먹었다. 그러고는 손님을 쪽방으로 안내했다.

한 시간쯤 지났을까. 소희는 손님을 배웅하고 다시 화장을 고쳤다. 그 후 홀에서 다른 아가씨들과 함께 의자에 앉아 또 다른 손님을 무료하게 기다렸다.

"소희야!"

주인아줌마가 갑자기 다정한 목소리로 그녀에게 다가오면서 말을 건넸다.

"지금 미애가 독감이 걸려 꼼짝도 못하고 자기 방에 누워만 있는데, 도저히 손님을 못 받겠다고 하니 니가 좀 받아줘."

"……."

업소를 도망쳤던 소희에게 주인아줌마가 복수를 하는 느낌이었다. 그녀는 천근만근 무거운 몸으로 지금은 어쩔 수 없이 미애의 몫까지 도맡게 되었다.

"쪽방은 감옥보다 더한 지옥이지."

일을 마치고 1층으로 다시 내려와 손님을 배웅한 소희는 의자에 앉아 응어리진 분노를 삭이며 혼잣말로 중얼거렸다.

"그때 가출하지 않았다면 상황이 좀 달라졌을까? 내가 왜 그랬을까? 우울증 때문에……?"

그녀는 땅바닥이 꺼져라 한숨을 푹 내쉬며 머리카락을 쥐어뜯었다. 늪에 빠져 허우적거리는 사람처럼 이제는 더 이상 어쩔 도리가 없다는 자포자기의 모습이었다.

"오늘 점심 때 내가 미용실에 갈 때도 도망갈까 봐 몸치 새끼가 애들을 붙여 끝까지 따라다니는 바람에 돌아버릴 뻔했어."

성미가 씩씩거리며 말을 꺼냈다.

"말도 마, 목욕탕 갈 때는 어떻고?"

옆에서 껌을 짝짝 씹고 있던 복희가 맞장구를 쳤다.

"그건 그렇고, 왜 출입문을 밖에서 이중으로 잠그고 지랄이야?"

상희 역시 말을 보탰다.

"손바닥만 한 창문에도 쇠창살을 쳤던데?"

"씨발, 화대를 절반 넘게 뜯어가면서 너무하네."

"에효…… 이 업소를 들락거리는 경찰관, 소방관, 공무원, 교수, 목사, 승려, 신부까지 사회에서 힘깨나 쓰는 그 양반들은 이 사실을 알고나 있나 몰라."

"지난번에 옆 동네 업소에 불이 나서 다섯 명인가 죽었잖아. 그때 한 아가씨의 일기장이 그대로 발견되었대. 아가씨가 일기장에 모든 것을 자세하게 써놓는 바람에 전부 들통났다던데."

"그나저나 나는 빚을 못 갚아 이름도 모르는 섬에 팔려 가지나 않았으면 좋겠어."

"……."

다른 아가씨가 한숨을 쉬며 푸념조의 넋두리를 하자 주위가 갑자기 찬물을 끼얹은 듯 조용해졌다.

주인아줌마가 잠시 외출할 때마다 아가씨들 입에서는

그동안 마음속에 담아놓았던 사연들이 봇물 터지듯 터져 나왔다.

이때였다.

"아악!"

갑자기 2층 쪽방에서 단말마의 비명이 들렸다.

"큰일 났어요!"

한 아가씨가 계단에서 소리를 질렀다.

"왜?"

"뭔 일 있어?"

아가씨들이 급하게 물었다.

"뭔 일이당가?"

마침 주인아줌마가 외출을 마치고 막 업소 안으로 들어오면서 물었다.

"초희가 면도칼로 손목을 그었어요!"

"뭐라?"

주인아줌마와 몇몇 아가씨들이 우르르 계단을 뛰어 올라가 2층 복도 끝에 있는 초희의 방으로 달려갔다. 초희는 좁은 쪽방의 붉은 조명 아래에서 피투성이가 된 채 실오라기 하나 걸치지 않은 알몸으로 천장을 향해 반듯이 누워 있었다. 그녀의 왼쪽 손목에서 시뻘건 피가 분수처럼 용솟

음치고 있었다. 이불과 벽이 핏자국으로 온통 얼룩진 상태였다.

"이를 어쩐다냐?"

"뭐해? 빨리 119 부르지 않고!"

"에고, 불쌍해서 어째."

"빨리 병원에 가지 않으면 죽게 생겼어."

쪽방 앞에서는 주인아줌마와 아가씨들이 어찌할 바를 모르고 우왕좌왕했다.

엥- 에에- 엥-

조금 있으니 119 구급차가 업소 앞에 도착했다. 구급대원들이 업소 문을 열고 들어서자 다른 업소의 종업원들과 행인들이 무슨 일인가 목을 빼고 업소 안을 들여다봤다.

계단을 내려오는 큰 소음과 함께 들것에 실린 초희의 모습은 이미 이 세상 사람이 아니었다.

"죽었으면 어떡해?"

"흐흑…… 초희야."

"몇 달 전에도 면도칼로 손목을 그어 난리가 났었는데, 그게 얼마나 됐다고 또……."

아가씨들이 수군거렸으나 초희가 자살을 기도한 진짜 이유를 아는 사람은 단 한 명도 없었다. 모두들 입을 다물지 못하고 대형 유리창을 통해 초희가 구급차에 실려 가는 모습을 물끄러미 쳐다만 보고 있었다. 업소 밖에서는 관할 파출소에서 나온 경찰관과 주인아줌마가 무엇인가 열심히 얘기를 나누는 모습이 보였다.

"지난달에는 초희가 알몸으로 업소를 뛰쳐나가서는 두 팔을 위아래로 휘저으며 돌아다녔잖아. 나비처럼 날갯짓하며 온 골목을 헤집고 다녔는데……."

"그때 동네 사람들 보기가 얼마나 창피했는지……. 한동안 얼굴을 들고 다닐 수 없었다니까."

"결국 초희는 몸치에게 붙들려와 한바탕 얻어터지고 바로 독방에 갇히는 신세가 됐지."

한 아가씨가 이미 담배꽁초가 산더미처럼 수북한 재떨이에 피다 만 담배를 비벼 끄며 대화를 이어갔다.

"초희는 초기에 정신병원에서 제대로 입원 치료를 받았어야 했어. 주인아줌마가 일이 커질까 봐 쉬쉬하면서 방치하다가 결국 이렇게 사달이 나버렸지."

"우리 중에 누군들 초희 같은 신세가 되지 말라는 법 있니?"

"그러게 말이야."

"나도 나중에 잘못될까 봐 무서워 죽겠어."

"그냥 지금이라도 흔적 없이 사라지고 싶어……."

"……."

소동이 어느 정도 가라앉자, 동료 아가씨들의 대화를 줄곧 듣고 있던 소희는 슬며시 자리에서 일어나 2층 방으로 올라왔다. 빨간 전구가 한쪽 벽 구석에 엉기성기 걸린 거미줄들을 흐릿하게 비추고 있었다. 그녀는 방에 누워 촉촉한 눈으로 어두운 천장을 멍하니 바라보다가 무슨 생각이 났는지 벌떡 일어나 일기장을 꺼냈다. 그러고는 또박또박 일기를 써 내려가기 시작했다.

그녀의 눈가에 얼핏 어두운 그림자가 스쳐 지나갔다.

수많은 여인들은 갈 길을 가고
불빛도 꺼진 이곳에 우리만 쓸쓸하게
이별을 위한 마지막 몸짓을 하네
초여름 싱그러운 그 사내들이 불빛에 물들어갈 때
안녕 그대여 다시 또 안녕
눈물을 감추려고 돌아서…
나지막하게 안녕 그대여…

그녀는 잠시 멍한 표정으로 생각에 몰두하다가 이내 일

기장 위에 다시 써 내려갔다.

항상 이곳에서의 마지막 날을 꿈꿔.
그때 제일 먼저 연락하고 싶은 사람이 너와 내 동생들.
하루 빨리 자유라는 걸 되찾고 싶어.
혼자서 목욕탕 가고, 마트 가고, 카페 창가에 앉아 사람들 구경하고.
근데 지환아, 내가 과연 여기서 벗어날 수 있을까?

유착

"아줌마, 어떤 아저씨가 찾아요!"

기철이 카운터 위에 놓인 주인아줌마의 휴대폰을 대신 받으며 그녀를 불렀다.

"벌써 한 달이 다 됐나?"

주인아줌마는 벽에 걸린 달력 위에 그려진 동그라미를 확인하며 한숨을 쉬었다.

"장사도 안 되서 죽어라 죽어라 하는데 삥 뜯어가는 놈들은 왜 이리 많은지."

주인아줌마는 미간을 찡그리며 열심히 적고 있던 손바닥 크기의 치부책을 황급히 덮어 방바닥에 내려놓았다. 그녀는 구시렁거리며 방을 나오더니 카운터로 가서 전화를 받았다.

"아따, 경찰 아저씨, 오늘 저녁까지 입금하면 되것지라?"

잠시 아줌마와 경찰관 사이에 두 사람만 아는 대화가 오갔다.

"휴, 이번 달도 무사히 넘어갈지 모르겄네."

주인아줌마는 전화를 끊고는 엄지손가락부터 하나둘 꼽으며 앞으로 돈 나갈 구멍을 세기 시작했다.

"조금 있으면 소방서에서도, 구청 공무원한테서도 전화가 올긴데…… 아 참! 이 동네 정화위원장을 빠뜨릴 뻔했네."

그녀는 잠시 천장을 쳐다보며 원망하는 어조로 혼잣말을 했다.

"아줌마! 무슨 걱정 있어요?"

기철이 그녀의 어두운 얼굴을 보고는 말을 건넸다.

"알면 니가 해결해줄텨?"

잠시 뜸을 들이던 주인아줌마가 조심스레 입을 열었다.

"경찰들이 조폭들한테서 보호해준다는 명목으로 각종 정기 회비며 특별 회비, 명절 떡값에다 휴가철 여비까지 뜯어가니 당최 살 수가 없다. 우리 영업하는 거 눈감아 준담서 이러는 것인디 언제까지 갖다 바쳐야 할지 모르겄네."

"그건 그렇고, 뉴스 보니까 다른 지역에서 경찰관이 미성년자와 성매매하다가 적발됐던데?"

몸치가 기철의 옆에서 아령을 들고 팔 운동을 하면서 말을 꺼냈다.

"재작년에 이 골목 업소들을 단속했을 때 뇌물 받고 수사 정보를 미리 흘린 경찰관들이 적발되어 구속된 일도 있었잖아."

묵묵히 듣고 있던 주인아줌마가 이런 이야기들에 신물이 나는지 화투패나 보겠다며 방으로 쑥 들어가버렸다.

그때였다.

골목 안으로 평소 보기 힘든 외제차 한 대가 한겨울의 혹한을 물리치듯 미끄러져 들어왔다. 차는 골목 입구에 떡하니 섰다. 업소 앞에 있던 기철과 몸치 그리고 그의 부하들 몇 명이 경계하는 눈초리로 차를 응시했다. 잠시 후 까만 뿔테 안경에 중절모를 쓴 중년 남자와 그의 수족으로 보이는 젊은 남자가 검은색 외제차에서 내렸다. 젊은 남자는 두툼하고 고급스러운 겨울 점퍼를 입고 있었다.

"이곳은 예로부터 근본이 없는 지역이라 돈을 처바르면 바로 돈방석에 앉을 게 확실하다니까요."

젊은 남자가 손가락으로 이곳저곳을 가리키며 50대 남자에게 말했다.

"음……."

신중한 표정의 중년 남자 뒤로 어느새 또 다른 차에서 깍두기 머리를 한 건장한 사내들 몇 명이 내렸다. 그들은 한껏 거들먹거리면서 골목을 누볐다.

"여기 재개발 냄새를 맡고 서울에서 내려왔다는 사람들인가 봐."

옆 업소의 주인 남자가 문을 살짝 열고 고개를 내민 채 말했다.

"소문대로 이 지역이 재개발되는감?"

건너편 건물 1층에 있는 부동산중개소에서 난로를 쬐며 장기를 두던 노인 두 명이 장기를 두다 말고 가게 밖으로 나왔다. 그들은 외지에서 온 사람들을 번갈아 보면서 수군거렸다.

"재개발을 미끼로 각종 이권을 챙기려고 온 사람들이 맞다니까."

옆에서 장기 훈수를 두던 대머리 노인이 맞장구를 쳤다.

"얼마 전, 재개발 사업 관련해서 검찰이 몇 명을 기소했당께."

"긍께, 이번에도 그 짝이 날랑가."

사람들이 골목 여기저기에 삼삼오오 모여 수군거렸다.

"그렇잖아도 언제부턴가 재개발한다는 헛소문이 돌아 이곳 업주들이 좌불안석이었는데……. 하여튼 분위기가 예전 같지 않아."

"오늘따라 외지 사람들이 왜 이렇게 많이 왔디야. 동네가 이리 시끌시끌해서 장사가 제대로 되것어."

주인아줌마의 볼멘소리가 들려왔다.

"아줌마, 소방서에서 화재 시설 점검 나왔어요!"

업소의 삐끼이자 파수꾼 역할을 확실하게 해내고 있는 기철이 업소 안으로 고개를 들이밀고 외쳤다.

"씨부럴, 오늘따라 왜들 나를 잡아먹지 못해 안달인겨?"

주인아줌마가 욕 한 바가지를 퍼부으며 다시 안방에서 나왔다.

"쪽방이 전부 몇 개죠?"

사십 대 후반으로 보이는 소방관은 업소 안을 한번 휘둘러보면서 아줌마에게 물었다.

"전부 열아홉 개지라."

주인아줌마는 성깔을 죽이고 공손하게 대답했다.

"아무 이상 없는 거죠?"

소방관이 의심쩍은 표정으로 물었다. 그는 2층 쪽방으로 올라가지도 않고 1층 소화기 옆에 붙어 있는 소방 점검 일지에 항목마다 건성건성 동그라미를 그렸다. 그러고는 뒤도 돌아보지 않고 바로 업소를 빠져나갔다.

"담배들 좀 그만 피랑께!"

주인아줌마는 아가씨들에게 분풀이하며 고함을 쳤다. 마침 TV 화면 속 기자의 리포트에 손님을 기다리던 주인아줌마와 아가씨들의 눈과 귀가 몰렸다.

서울 집장촌 재개발 사업과 관련해서 관할 구역을 장악한 조직폭력배인 ○○파가 부정한 방법으로 종합건설업 면허를 취득한 후 재개발 사업 이권에 개입한 정황이 드러났습니다. 이들은 집창촌 재개발 사업의 특성상 성매매업소의 이전과 철거가 가장 큰 민원이자 골칫거리라는 점을 이용했습니다. 자신들이 집창촌 일대를 장악하고 있음을 과시하면서 마음대로 A건설을 재개발 사업의 공동시행자로 선정했습니다. 그러고는 조직원 이씨와 김씨를 앞세워 재개발 사업 추진위원회를 장악한 후 철거 등을 위해 용역과 계약을 체결한 대가로 금품을 수수했습니다.

"저게 뭔 소리래?"

뉴스를 시청하던 미희가 옆에서 화장을 고치고 있는 미애에게 물었다.

"낸들 알겠니?"

"난 가방끈이 짧아서 뭔 소린지 통 모르겠어."

아가씨들은 수시로 거울을 꺼내 화장을 고치고 옷매무새를 가다듬으면서도 눈은 온통 TV에 쏠려 있었다. 기자의 리포트가 끝나자 남자 앵커가 계속해서 보도를 이어나갔다.

두목 박씨는 추진위원회 감사로 취임한 후 조직원 홍씨, 문씨와 공모하여 업체로부터 추진위원회와 철거에 대한 용역계약을 체결하는 대가로 약 이십억 원을 수수했습니다. 또한 법무법인 ○○으로부터는 별도로 소송 위임 계약 등을 체결하는 대가로 오억 원을 수수했습니다.

두목 박씨는 A건설을 실제로 운영하면서 A건설의 자금 담당 이사인 조직원 황씨와 공모하여 PF 대출을 받아 조달된 사업비를 허위로 계상한 후 가공 직원에 대한 급여, 대표이사 가지급금, 차용금 등의 명목으로 임의로 사용했습니다. 이를 통해 A건설의 운영자금 약 사십오억 원을 횡령했습니다.

더 나아가서 집창촌에 대한 재개발 보상비 협의가 시작되자 건물주를 압박하여 조직원 등의 명의로 성매매업소를 운영한 것처럼 허위 서류를 만들었습니다. 이들은 한 개의 성매매업소를 여러 개 업소인 것처럼 속칭 '쪼개기'를 한 후 보상비를 중복 청구하는 방법으로 통상의 영업 보상비를 훨씬 상회하는 돈을 가져갔습니다. 한 업소 당 최소 오천만 원 이상, 그리고 쪼개기를 한 경우에는 일억 원 이상의 허위 보상비를 편취했습니다.

가만히 듣고 있던 상희가 한마디 했다.

"너무 어려워서 내용을 정확히 모르겠지만, 요새 이 동네에 외지인들이 부쩍 드나드는 게 재개발 사업인가 뭔가 하는 그것 때문인가 보네?"

"그런가 봐."

"그럼 우리는 어디로 가?"

"헛소문이여, 헛소문."

"온 동네가 들썩거리고 있잖아."

간헐적으로 이어지는 아가씨들의 대화가 아줌마의 심기를 건드렸다.

"야, 이년들아! 손님이나 열심히 받지, 뭔 헛소문에 지랄발광들이여?"

주인아줌마의 잡도리가 다시 시작되었다.

하루 종일 재개발 사업과 관련된 소문에 들떠 있던 골목 분위기는 마침 내리기 시작한 눈과 함께 순식간에 찬물을 끼얹은 듯 착 가라앉았다.

그날 밤이었다. 갑자기 주인아줌마에게 전화 한 통이 급하게 걸려왔다.

"아줌마! 경찰청 특별본부에서 암행 단속을 하러 내려온대요. 지금 빨리 문 닫고 영업 중단하세요."

경찰관의 목소리는 다급했다.

"이번 단속은 우리가 막을 수 있는 그런 수준이 아니니까 내 말대로 하세요."

주인아줌마는 전화를 끊자마자 1층에 있는 아가씨들에게 소리쳤다.

"야들아! 빨리 불부터 끄고 문 걸어 잠가!"

아가씨들은 이런 상황을 가끔 겪어서 그런지 제법 익숙하게 홀의 전기 스위치를 내리고는 문을 걸어 잠갔다. 그러고는 2층 쪽방으로 우르르 올라갔다. 같은 골목에서 영업하는 다른 업소들 역시 어디서 단속 정보를 들었는지 황급히 불을 끄는 바람에 갑자기 동네 전체가 암흑으로 변하면서 을씨년스러운 분위기를 풍겼다.

30분 정도가 흐른 뒤 검은 승합차 한 대가 골목 입구에 멈춰 섰다. 차에서 건장한 남자들과 여자들 몇 명이 급히 내리는 모습이 보였다. 주인아줌마는 불 꺼진 업소의 1층 창가에서 고개를 살짝 쳐들고 숨을 죽이며 밖을 내다봤다.

"이 동네 맞아? 왜 이렇게 조용해?"

그중 지휘관으로 보이는 검은 뿔테 안경을 쓴 남자가 외투 깃을 바싹 여미며 신경질적으로 물었다.

"단속정보가 새 나간 것 같은데요."

부하 직원인 듯한 여자가 개미 한 마리도 보이지 않는 황량한 골목을 쳐다보며 무표정한 얼굴로 대답했다.

"이런 지랄 맞은 경우가 다 있나! 여긴 올 때마다 허탕을 치네."

서울에서 급파된 경찰청 본부 수사관들의 얼굴에 허탈한 감정이 역력했다.

"요 앞에 관할 파출소가 있는데 한번 털어볼까요?"

삼십 대 후반으로 보이는 또 다른 남자가 말했다.

"거기 가서 털면 뭐해? 업소들이 성매매를 했다는 결정적인 현장 증거가 없는데."

이들은 한참 동안 골목 여기저기를 살펴보더니 어깨를 축 늘어뜨린 채 타고 왔던 승합차 앞으로 다시 모였다. 그중 두 남자가 점퍼 주머니에서 담배를 꺼내 불을 붙인 후 밤하늘을 향해 연기를 뿜었다. 이윽고 수사관들은 저벅저벅 요란한 발소리를 내며 승합차에 오르더니 어둠 속으로 쏜살같이 사라져버렸다. 불안한 마음으로 가슴을 졸이며 문틈으로 몰래 지켜보던 주인아줌마는 비로소 안도의 한숨을 내쉬었다.

"시부럴! 내 팔자는 왜 이런 것이여?"

주인아줌마의 맥없는 넋두리가 시작되었다.

"우리야 이미 막장 인생이니 별 걱정은 안 된다만 손님들만큼은 보호해야 하니께……. 그건 그렇고 요새 같은 불경기에 우리 사정 뻔히 알면서 신고하는 놈들은 도대체 뭐여? 돈을 만져야 여기저기 찔러줄 수 있을 건디, 허구한 날 이렇게 숨바꼭질이나 해대니 원."

업소 문을 다시 열면서 내뱉는 주인아줌마의 말에 짜증

이 잔뜩 묻어났다. 승합차가 어둠 속으로 사라진 골목에는 행인들의 자취마저 온데간데없었다. 꽁꽁 얼어붙은 이슥한 골목은 가로등마저 부옇게 얼어 있었다.

깜깜한 골목에 바람이 한차례 휩쓸고 지나가더니 희끗희끗한 눈발이 휘날리기 시작했다.

날갯짓

2002년 1월 29일 아침이었다. 하늘은 사나운 칼바람과 함께 잔뜩 흐렸다.

소희는 여느 때처럼 아침 일찍 일어나 방문을 열고 나왔다. 그녀는 빛바랜 옛 추억을 더듬고 있었다. 최근 들어 부쩍 월드컵 응원곡인 〈오 필승 코리아〉가 여러 매체에서 경쾌하게 흘러나오면서 월드컵 열기를 한층 고조시켰다.

소희는 무료함을 떨치려고 리모컨을 찾아 TV를 틀었다. 각 채널마다 곧 개최되는 한일월드컵 뉴스로 도배하면서 지난 월드컵 경기의 주요 장면들을 계속해서 내보내던 중이었다.

"과연 나는 월드컵 경기를 볼 수 있을까? 축구 룰도 제대로 모르는데."

소희는 쓴웃음을 지었다.

"호주에 있을 때 그 유명한 오페라하우스, 하버브리지도 가까이서 보지 못하고 시드니 공항에서 업소만 왔다 갔다 하고는 되돌아왔지."

소희는 머릿속에 떠오르는 갖가지 생각을 실타래 풀 듯 하나씩 끄집어내며 지난 추억의 아쉬움을 달랬다. 채널을 이리저리 돌리던 그녀는 문득 해외토픽 뉴스에 눈이 멈췄다. 기자는 외국인 관광객의 방문 코스라는 네덜란드의 홍등가를 소개하고 있었다.

이곳 노조는 출퇴근하면서 일하는 성매매 여성들이 임신이나 질병 같은 일을 겪을 때 휴가를 제공합니다. 또한 생리로 인한 휴업 보상, 연금이나 기타 세제 혜택 등 그들의 인권 보호에 노력을 기울이고 있습니다.

TV를 보던 소희는 한동안 당황스러움을 감출 길이 없었다.

"뭐? 퇴근하는 창녀? 휴가? 연금?"

소희는 혼자 코웃음을 쳤다. 마치 외계 행성의 이야기를 접하는 것 같아 머릿속이 혼란스러웠다.

"쿨럭, 쿨럭쿨럭."

소희는 폐부 깊숙한 곳에서부터 터져 나오는 발작성 기침을 참으려고 애썼다. 갑자기 피비린내가 코끝에 훅 끼쳤다.

"어, 이게 뭐지?"

기침과 함께 그녀의 손에 선명한 피가 묻어나왔다. 지난번에 의사가 말한 대로 오랜 흡연으로 인한 폐렴이 심하게 도진 모양이었다.

"하혈은 점점 심해지고 이제 각혈까지……. 온몸이 만신창이가 돼버렸어."

그녀는 또다시 두려움을 느꼈다. 삶에 대한 의욕이 순식간에 사라지면서 손끝조차 까딱하기 싫어졌다.

자살 기도를 하고 응급실에 실려 갔던 초희가 간신히 목숨은 건졌으나 그 후유증으로 정신병원에 입원했다는 주인아줌마의 이야기가 갑자기 떠올랐다.

"초희는 그럴 용기라도 있지, 나는 과연 그럴 수 있을까?"

그녀는 한참 동안 멍하니 의자에 앉아 있었다. 평소 자신을 지배하던 우울증이 극에 달한 느낌이었다.

"이렇게 꾸역꾸역 살아서 뭐해?"

그녀는 깊은 생각에 잠겼다.

"이 생활을 빨리 벗어나야 할 텐데, 큰일이야. 그래, 내 그곳을 도려내버리면 지금 하는 일에서 벗어날 수 있고, 더는 죄를 짓지도 못할 거야."

소희는 1층 왼쪽에 있는 주방으로 뛰어갔다. 도마 위에 놓여 있는 식칼을 찾아 손에 꽉 쥐었다. 그러고는 의자에 걸터앉아 속옷을 무릎 밑까지 쭉 내렸다. 생리 때처럼 진한 피비린내가 훅 올라왔다. 속옷에 하혈의 흔적으로 시뻘건 핏덩이 몇 개가 응어리져 있었다. 그녀는 자신의 음부에 날이 시퍼런 칼끝을 들이댔다. 쇳덩이에서 전해지는 차가운 기운이 그녀의 전신을 감싸고 돌았다.

"아냐, 아냐, 칼로 도려내면 자칫 죽을 수도 있어. 살아생전에 부모님은 한번 봬야 하니까 이렇게 죽어서는 안 되지. 대신에 손가락 하나만 없어져도 술을 따르기 힘들고 남자들 보기에도 안 좋으니 더는 일을 시켜 먹을 수 없을 거야."

그녀는 한참 동안 고민하다가 이내 묵은 숙제를 해치운 것처럼 홀가분한 표정을 지었다.

"아니지, 맨정신으로 하면 너무 아플 거야."

그녀는 주방에서 홀 쪽으로 다시 나왔다. 구석에 있는 냉장고에서 소주 한 병을 꺼내 벌컥벌컥 들이켰다. 조금 있으니 취기가 그녀의 전신을 타고 올라왔다. 몸을 지탱하지 못할 정도로 정신이 몽롱해졌고 마음은 푸근해졌다. 그녀는 휘청거리며 다시 주방으로 들어가서 왼쪽 새끼손가락을 도마 위에 간신히 걸쳐놓았다. 그동안 우울증이 도질 때마다 틈만 나면 물어뜯어서 손톱이 온전하게 남아 있지 않았다.

그녀는 도마 위에 놓인 새끼손가락의 위치를 어림잡은 후 오른손에 쥔 식칼을 힘껏 내리쳤다.

"아악!"

소희는 단말마의 비명을 지르고는 손을 움켜쥔 채 주방 바닥에 푹 고꾸라졌다. 새끼손가락에서 용솟음친 시뻘건 피가 그녀의 얼굴과 옷 그리고 주방 벽 이곳저곳으로 튀었다. 잘린 손가락이 주방 바닥에서 지렁이처럼 꿈틀거리며 그녀를 원망하는 것 같았다. 온몸의 피가 거꾸로 솟구치는 듯 격한 고통이 몰려왔다. 표정이 급격히 일그러졌다.

"으윽."

그녀는 극심한 고통을 견디면서 소주병에 조금 남아 있는 술을 잘린 손끝에 뿌려댔다. 그러고는 주방 조리대 위에 걸어놓은 수건 하나를 가까스로 잡아 끌어내렸다. 그녀는 수건으로 새끼손가락 부분을 꽉 동여맸다. 식은땀이 줄줄 흘러내려 얼굴과 목덜미를 흠뻑 적셨다.

그녀는 처음으로 자기 자신에 대한 서리 같은 분노가 가슴속에서부터 솟구치는 것을 느꼈다.

"아, 아파……. 엄마!"

그녀는 너무 고통스러워 한동안 울음을 터뜨렸다.

"이 꼴이 됐으니 이제 어느 누구도 나보고 손님 받으라는 얘기는 못 하겠지……. 이제는 창밖의 새들처럼 마음껏 날갯짓을 하며 가고 싶은 곳으로 날아갈 수 있을거야."

그녀는 누구 들으라는 듯 혼잣말을 했다. 그러나 고통을 느낄 수 있는 순간도 잠시였다.

갑자기 무언가 타는 냄새가 소희의 코를 자극했다. 냄새는 점점 더 심해졌다. 어딘가에서 연기가 스멀스멀 올라오고 있었다.

"혹시 불이 난 건 아니겠지?"

그녀는 무슨 일이 벌어졌다는 불길한 예감이 퍼뜩 들었으나 방정맞은 생각을 떨쳐버리려고 머리를 좌우로 세게 흔들었다. 그러나 매캐한 연기가 1층으로 꾸역꾸역 새어 들어오자 소희는 수건으로 왼손을 힘껏 감싼 채 벌떡 일어나 사방을 두리번거렸다. 카운터에 있는 카드단말기 쪽에서 불꽃이 픽픽 튀어 오르는 모습이 보였다. 그녀는 머리카락이 쭈뼛했다.

"불이야! 불, 불!"

소희는 밤새 손님을 받느라 진이 빠져 곤히 잠든 아가씨들을 젖먹던 힘까지 다해 필사적으로 깨우기 시작했다.

"얘들아! 불났어, 빨리 나와!"

그녀는 이 방 저 방 뛰어다니며 온몸으로 문을 부수듯이 두드렸다.

"뭐, 뭐라고?"

잠에 어려 몸을 가누지 못하던 아가씨들이 눈을 비비며 간신히 일어났다. 아가씨들이 옷을 대충 걸친 채 방 밖으로 나왔으나 이미 실내는 시커먼 연기로 가득했다. 어떤 아가씨는 알몸으로 이부자리에서 그냥 뛰쳐나왔다.

"에취!"

"쿨럭쿨럭."

아가씨들 몇 명이 기침을 하기 시작했다.

"엄마!"

현실을 깨달은 아가씨들 앞에 이내 엄청난 공포가 몰려들었다.

"얘들아, 이쪽으로 나를 따라와!"

소희는 눈앞이 연기로 자욱해 경황이 없는 와중에도 아가씨들을 1층 출입문 쪽으로 끌고 가면서 어릴 때 했던 기차놀이처럼 서로 손을 잡게 했다. 그리고 수건에 물을 묻혀 코와 입을 막으라고 신신당부했다.

소희는 자물쇠로 굳게 잠겨 있는 1층 출입문을 몸을 던져서 힘껏 밀어제쳤다. 문은 꿈쩍도 하지 않았다. 바로 눈앞의 물건도 구분하지 못할 정도로 검은 연기가 전신을 휘감았다.

"살려주세요!"

"거기 누구 없어요?"

공포에 질린 아가씨들이 쿨럭이며 사방에서 울부짖었다. 그들은 출입문을 부여잡고 밖을 향해 힘껏 소리쳤다. 뱀 혓바닥 같은 시뻘건 화염이 이글이글 타오르며 이미 건물 전체를 집어삼키고 있었다. 무시무시한 열기가 폐부까지 헤집어놓는 듯했다.

소희는 할 수 없이 2층 계단으로 향하는 출입문으로 갔다. 그러나 이곳 역시 철통같이 굳게 잠겨 있어서 섬처럼 고립되어 오도 가도 못하는 상황이 되어버렸다.

"정신 차려! 상희야!"

그녀는 자기 앞에 쓰러진 상희를 가슴에 안은 채 뺨을 이리저리 때리며 소리쳤다. 상희는 눈을 뜨지 않았다. 믿을 수 없을 만큼 순식간에 벌어진 일이었다. 극한의 공포 속에서도 소희는 정신을 잃지 않으려고 안간힘을 썼다. 다른 아가씨들도 하나둘씩 서로 뒤엉켜 바닥에 쓰러지기 시작했다.

곧이어 골목에 도착한 소방차의 사이렌 소리가 요란하게 앵앵거리며 그녀의 귀를 때리는가 싶더니 그 소리마저 아득한 꿈속에서 듣는 것처럼 점점 멀어져갔다.

사방이 시뻘건 화염과 함께 타들어가면서 지옥이 따로 없었다.

쾅- 쾅- 콰쾅-

목재와 슬래브로 얼키설키 만들어놓은 천장이 불에 타면서 건물 일부가 힘없이 무너져 내리기 시작했다.

소희의 손에서 흘러나온 피로 얼룩졌던 수건이 어느새 시커멓게 그을려 있었다. 엄마, 아빠, 할아버지, 할머니, 오빠, 동생들, 지환이 그리고 소나무 아래 묻어야만 했던 아기의 모습이 그녀의 머릿속에 차례차례 스쳐 지나갔다. 그녀는 희미하고 아늑한 꿈결로 들어섰다.

"엄마!"

소희는 젖 먹던 힘을 다해 마지막으로 엄마를 불렀다.

그녀는 사방에서 뿜어져 나오는 시커먼 연기에 숨이 막혀 허공을 향해 손을 허우적거렸다. 검게 그을린 벽 곳곳에 작은 손바닥 자국을 남기고 그녀도 이내 바닥에 쓰러지고 말았다.

소희는 아득한 꿈결 속에서 굳게 잠긴 철문 밖으로 무리 지어 날아가는 하얀 나비 떼를 보았다. 나비들은 힘차게 날갯짓을 하며 파란 하늘을 거침없이 날아올랐다.

작가의 말

성매매 특별법은 2000년 9월 군산 대명동 성매매업소에서 발생한 화재로 감금생활을 하던 성매매여성 5명이 사망한 사건과 2002년 1월 군산 개복동의 성매매업소에서 발생한 화재로 역시 감금생활을 하던 성매매여성 14명이 사망한 사건을 계기로 2004년에 제정, 시행되었다.

이 소설은 한국 사회에 만연한 성매매의 부끄러운 민낯을 조명한 사회고발 소설이자 지금으로부터 약 20년 전에 일어난 두 화재 사건을 모티브로 한 실화 소설이다. '소희'라는 가상의 인물이 두 번째 화재 사고가 발생한 개복동 성매매업소에서 일하면서 보고 느끼고 겪는 일들을 각색하여 비극적인 덫에 걸린 성매매여성의 시각을 담으려고 노력했다.

첫 번째 화재 사고와 두 번째 사고의 간극 속에서 남성들의 잘못된 성 인식과 비뚤어진 일탈 행위를 통해 오늘내

일을 예측할 수 없는 극한 상황에 처한 성매매여성들의 삶을 그리고자 했다. 또한 리얼리티에 중점을 두어 그들이 처한 암담한 현실을 표현했고, 그들의 진솔한 모습이 독자들의 피부에 닿을 수 있도록 노력했다.

우리는 성매매 관련 뉴스나 기사를 접할 때마다 성매매여성들과 악덕 포주, 그들에게 기생하면서 흡혈귀처럼 돈을 뜯어먹고 사는 조직폭력배들, 그리고 이들을 보호하기는커녕 공권력을 앞세워 유린하는 부패한 경찰들과 공무원 등이 부정한 커넥션의 중심에 있다는 사실을 알게 된다.

나는 이 책을 통해 성적 자기결정권이 없는 성매매여성들의 애환을 그리려고 노력했다. 성매매여성들과 관련된 애처로운 사연은 우리 눈과 귀에 잠깐 머물다가 금방 잊힌다. 평소 우리는 이들의 존재에 무관심하다. 그들은 마치 투명인간처럼 존재하되 존재하지 않는 사람으로, 오래전부터 현재에 이르기까지 세상에서 가려져 있다. 최소한의 인권도 누리지 못하는 성매매여성들은 비록 몸을 팔며 생존을 하고는 있지만 이들 또한 인생을 처참하게 옥죄는 굴레를 과감히 끊고 한 사람의 인간으로 살고 싶어 하는, 우리가 함께 보듬고 가야 할 이웃이다.

소설을 탈고하기까지 비극적인 두 사건의 언론 보도, 법원의 판결, 성매매여성들의 증언과 그녀들이 남긴 일기 등을 통해 당시 상황의 진실에 접근하는 과정에서 마음고생이 극심했다. 글을 쓰는 내내 마음 한구석에는 감당할 수 없는 회한과 고뇌가 차곡차곡 쌓여만 갔다.

소설의 배경이 된, 필자가 사랑하는 군산은 당시와는 전혀 다른 모습으로 변모했다. 이 글로 인해 군산의 순수

하고 아름다운 도시 이미지가 조금이라도 퇴색되지 않았으면 한다.

마지막으로 이 소설의 내용 중에 다소 불편한 내용, 거북한 표현이 있을 수 있으나 필자의 진정한 의도를 생각해 주셨으면 하는 바람이다.

문득 '성'과 '사랑'이라는 단어가 동시에 떠오른다. 잊을 만하면 터져 나오는 성 스캔들과 '미투 운동' 그리고 우리 사회에 큰 파문을 일으킨 'n번방 사건'에 이르기까지 모두 왜곡된 성적 가치관에 깊은 뿌리를 두고 있다. 성은 진정한 사랑과 결부돼야만 본연의 존재감을 발휘한다. 사랑하는 사이의 두 사람은 서로를 존중하는 과정에서 생의 경외감을 느낀다. 그래서 진정한 사랑에는 언제나 설렘과 감동이라는 수식어가 뒤따른다.

성매매는 인권을 유린하고 착취하며, 사회 공동의 가치

와 윤리의식을 위협한다. 성에 관한 그릇된 인식과 성 상품화는 반드시 누군가의 희생으로 이어지며 결국 사회 전체에 부메랑으로 다가온다. 지금까지 그 희생자로서 평생 고통받으며 인고의 세월을 감내한 여성들에게 이 졸저를 바친다.

2020년 7월, 대한민국 서울에서

제임스 리

문틈 사이로 한 걸음만

2020년 7월 13일 초판 1쇄 발행

지은이 · 제임스 리
펴낸이 · 정법안 | 경영고문 · 박시형

책임편집 · 추윤영 | 디자인 · 최우영
마케팅 · 양근모, 권금숙, 양봉호, 임지윤, 조히라, 유미정
경영지원 · 김현우, 문경국 | 해외기획 · 우정민, 배혜림 | 디지털콘텐츠 · 김명래
펴낸곳 · 마음서재 | 출판신고 · 2006년 9월 25일 제406-2012-000063호
주소 · 서울시 마포구 월드컵북로 396 누리꿈스퀘어 비즈니스타워 18층
전화 · 02-6712-9800 | 팩스 · 02-6712-9810 | 이메일 · info@smpk.kr

ISBN 979-11-6534-195-4 (03810)

• 이 책의 국립중앙도서관 출판시도서목록은 서지정보유통지원시스템 홈페이지(http://seoji.nl.go.kr)와 국가자료공동목록시스템(http://www.nl.go.kr/kolisnet)에서 이용하실 수 있습니다.
(CIP제어번호: CIP2020026757)
• 잘못된 책은 구입하신 서점에서 바꿔드립니다. • 책값은 뒤표지에 있습니다.
• 마음서재는 (주)쌤앤파커스의 종교·문학 브랜드입니다.